एक ज़िद्दी लड़की

एक जिद्दी लड़की

लेखक

विजय तेंडुलकर

अनुवादक

पद्मजा घोरपड़े

वाणी प्रकाशन

वाणी प्रकाशन
ज्ञान के विविध आयामों के प्रकाशक

वाणी प्रकाशन का 'लोगो' विख्यात चित्रकार मक़बूल फ़िदा हुसेन की कूची से

वाणी प्रकाशन, 4695, 21-ए, दरियागंज, नयी दिल्ली-110002
वाणी प्रकाशन, अशोक राजपथ (पटना कॉलेज के सामने), पटना (बिहार)

EAK ZIDDI LADKI

by Vijay Tendulkar

Translated by Padmaja Ghorpade

Play

ISBN : 978-93-5000-182-0

प्रथम संस्करण

मूल्य : 195/-

वाणी प्रकाशन

फोन : 0091#11#23273167, 23275710

फैक्स : 0091#11#23275710

वेबसाइट : www.vaniprakashan.in

ई-मेल : vaniprakashan@gmail.com
vani_prakashan@yahoo.com

आर.टेक ऑफसेट प्रिंटर्स द्वारा दिल्ली-110095 में मुद्रित

भूमिका

मैं 'प्रायोगिक' रंगभूमि का नाटककार। मेरे कुछ नाटक व्यावसायिक रंगभूमि पर भी खेले गए।

यह नाटक उन्हीं में से एक।

व्यवसाय और मैं! यह समीकरण यहाँ भी असफल हुआ। और मैंने पाई सिर्फ मानसिक वेदनाएँ! यह नाटक भी इसके लिए अपवाद न था।

इस नाटक के द्वितीय व्यावसायिक रंगमंचीय संस्करण के समय मैंने इसके कुछ अंशों का पुनर्लेखन किया।

जहाँ गत जीवन में भी संशोधन करने का मोह हो जाता है वहाँ नाटक की बात ही क्या।

वह पुनर्लेखन नए पुस्तक-संस्करण में समाविष्ट नहीं हो पाया। कारण मात्र आलस।

वे कागज इतने पुराने और निशान लगा-लगाकर खराब हुए थे कि उन पन्नों का पुनर्लेखन करने की अपेक्षा मुझे नाटक की मूल संहिता ही प्रकाशित करना उचित लगा! मुद्रित लेखन संशोधन करते समय लगा कि यह बिल्कुल ठीक है।

—विजय तेंडुलकर

पात्र-परिचय

बाबूजी	:	बच्चों का पिता
यमुना	:	बाबूजी की पत्नी
दिनकर	:	बाबूजी का बड़ा बेटा
मंगला	:	दिनकर की पत्नी
कमल	:	बाबूजी की बेटी
शिरी	:	बाबूजी का मझला बेटा
बाबू	:	बाबूजी का छोटा बेटा
काका	:	बाबूजी का परिचित बुजुर्ग सर्वोदयी, मंगला का मुँहबोला मामा
व्यक्ति	:	एक संकटग्रस्ट व्यक्ति तात्या बाबूजी का शरणागत
व्यक्ति	:	एक अन्य संकटग्रस्त व्यक्ति बाबूजी का शरणागत लक्ष्मीकान्त सीताराम तिरोडकर
मेहमान	:	मंगला के गृहउद्योग का एक संभावित वित्तपोषक

अंक-एक

(मध्यवर्गीय परिवार। बाहर का कमरा। मुख्य द्वार पर बंदनवार। रसोईघर का दरवाजा खुला है। दूसरे कमरे का दरवाजा भीतर से बन्द है। कमरे में बुवा और बाबा की बड़ी तसवीरें। तसवीरों पर ताजा फूलों की मालाएँ। अगरबत्तियाँ जल रही हैं।

एक कोने में दान-बक्सा! एक स्टूल पर गौतम बुद्ध का ध्यानस्थ पुतला। मध्यवर्गीय घर-परिवार की सजावट। कमरे में टेबल के पास शिरी!–आयु सोलह साल। आँखों पर ऐनक। पढ़ाई कर रहा है। बाजू में कमल बैठी है। आयु, शिरी से एकाध वर्ष अधिक। उसका सबसे छोटा भाई–आयु कुछ महीने! कमल उसे लेकर यहाँ से वहाँ, वहाँ से यहाँ चक्कर काट रही है–उसे लाड़-दुलार कर रही है! तरह-तरह की आवाजें निकालकर उसे बहला रही है।)

कमल : *(छोटे बच्चे-भाई बाबू को 'लल्ला लल्ला राजा बेटा' कहते हुए, चूमते हुए बीच में ही बगल में के बन्द दरवाजे को देखते हुए)* ऐ शिष्या शिरी रे...अभी तक वे जागे नहीं हैं?

शिरी : *(नजर पुस्तक में। झुंझलाते हुए)* कौन?

कमल : और कौन? वे दोनों–भैया-भाभी!
(अजीब-सी मुस्कुराती है।) सुबह के आठ बजने को हैं–आठ!

शिरी : *(पुस्तक में आँखें गड़ाए हुए)* तो फिर इतना ऊधम क्यों? यहाँ मेरी पढ़ाई चौपट हुई जा रही है! शादी में, यात्रा में तीन दिन बरबाद हो गए हैं। और अब यह!

कमल : *(भाई को दुलारते हुए)* मेरा राजा बेटा...पता चला...कैशी कैशी पढ़ाई होती है...ये मेरे बाबू...

शिरी : तुम्हें क्या पढ़ाई से? दसवीं की परीक्षा में तुमने तो परीक्षक के नाम पत्र लिख कर पर्चे में रखा था...मैंने सुना है...पिताजी माँ से कह रहे थे तब...! फिर तुम्हारी स्कूल से छुट्टी कर दी न! मुझे ऐसे प्रेमपत्र नहीं लिखने हैं—उत्तर पुस्तिका में!

कमल : ऐसा करने के लिए भी तो अक्ल की जरूरत होती है! *(बाबू से)* क्यों बाबू साब? है ना रे राजा बेट्टे...

शिरी : किसी के साथ भाग जाने के लिए भी अक्ल चाहिए। है न *(चिढ़ाते हुए)* बाबू भैया जी?

कमल : तुम चुप बैठो!

शिरी : मैं चुप ही था! तुम ही बकबक करने लगी! रोज सुबह यही होता है! पढ़ाई के लिए बैठते ही माँ नहीं तो बाबूजी कुछ-न-कुछ काम बताते हैं। कुछ नहीं तो...तुम लोगों की ऐसी गड़बड़! कोई बाबूजी को ढूँढता आएगा...मैं तो ऊब गया हूँ वे रटे-रटाए जवाब देते-देते! हाँ, कम-से-कम यह तो अच्छा है कि चिंतु और लता के स्कूल सुबह में हैं। वरना तुम्हारे साथ-साथ उन दोनों के झगड़ों की और मारने-रोने की आवाजें!

कमल : बाबूजी के बारे में ऐसा कह रहे हो? बता दूँ पिताजी को?

शिरी : आयी बड़ी उनकी असिस्टेण्ट! उनके 'महान काम' और उनमें मदद करनेवाली तुम।...

(तात्या और उनके साथ एक आदमी जोर-जोर से बातें करते हुए आते हैं। कमल और शिरी चौंक कर एक ओर हो लेते हैं।

उस आदमी ने दोनों भौंहों के बीच केसर का तिलक लगाया हुआ है। सिर पर कश्मीरी कैप, लम्बा कोट, धोती, पैरों में स्लीपर्स! चेहरे पर उत्कट भक्ति भाव! बाबूजी दुबले-पतले! बेढब बढ़ गई मूँछें! दाढ़ी के काले-सफेद बिखरे छोटे बाल! नाक पर सस्ता चश्मा! चेहरा सख्त! कोट पहने हुए। कोट के बटन गायब हैं। सिर पर बेढंग बेढब पगड़ी।)

बाबूजी : *(आते हुए)* हाँ तो संक्षेप में यूँ है कि जो वाचा, मन, शरीर—तीनों से ब्रह्म को पहचानता है वह भक्त। समझे? आइए...हाँ, यहाँ इस तरफ बैठिए। जरा सुँघनी तो दीजिए। *(वह बड़ी श्रद्धा से सुँघनी की डिबिया सामने रखता है। सुँघनी एकदम अदा से सूँघ कर)* जैसा बोले, वैसा करें। देह का देहत्व भूलें। देह, देह नहीं, ब्रह्म है। और ईश्वर सर्वांतर्यामी है। *(कोट, पगड़ी उतार कर रख देते हैं)* यही ब्रह्माकार भाव में लीन होकर तद्रूप-स्वरूप रहना है। सभी सिद्धियों की सिद्धि है यह! समझे? हरि ॐ तत्सत्...हाँ...हाँ बैठिए! यह हमारा आश्रम है। चाहे इसे गृहस्थाश्रम कहो चाहे वानप्रस्थाश्रम! समर्थ रामदास स्वामीजी ने कहा है है...गृहस्थाश्रम में रह कर वानप्रस्थाश्रम पालन करने के लिए...

(वह व्यक्ति हर वाक्य पर गर्दन हिला कर सभी तसवीरों को ध्यान से देखता है। हर एक तसवीर को नमस्कार करता है। एक तसवीर को 'गुरु माँ' कह कर साष्टांग प्रणिपात करता है।

कमल इशारे से बाबूजी को 'चाय?' पूछती है। बाबूजी इशारे से मना करते हैं।)

यह 'गुरु माँ' का दफ्तर घाटे में चल रहा है। आज भी हमारी 'गुरु माँ' की गृहस्थी घाटे में! लेकिन यह उन्हीं का कार्य है। वे ही सम्पन्न करेंगे। मन में तो कई योजनाएँ हैं। यदृच्छा उनकी! जो होगा, वही उनका प्रसाद! जय गुरु 'माऊली' माँ परब्रह्म-की! आप जैसे परमभक्त दानी लोगों की मदद और पुण्य पुरुषों के पुण्य के बल चल रहा है कार्य! अंक छपते हैं—देर से क्यों न सही...हम कौन हैं जो कुछ कर सकें? 'हम अंक छापते हैं।' यह कहना भी मिथ्या अहंकार है।

व्यक्ति : *(सम साधते हुए)* वे छापेंगे ही!

बाबूजी : सोलह आने सच कहा आपने। कमला जी, ये हैं कोरडे।

व्यक्ति : नरसिंह दिगम्बर कोरडे!

बाबूजी : वही! नरसिंह क्या और दिगम्बर क्या! एक ही ब्रह्म के कई रूप! एक ही मुद्दे का तफसील!

व्यक्ति : हाँ, देखें तो कोरडे ही!

बाबूजी : गुरु माँ टोपलेगावकर बाबा के मठ में ईश्वरी कृपा से इनसे परिचय हुआ। आइए कमला जी, ये हम पर हुई ईश्वरी कृपा नम्बर दो! वे चिरंजीव कृपा नम्बर तीन! और तीन 'कृपा' हैं—सबसे छोटी वह, जो गोद में हैं...

व्यक्ति : *(यूँ ही भक्ति जतलाते हुए)* वाह! वाह! बड़ी कृपा है जी आप पर।

बाबूजी : फूल ना सही फूल की पत्ती ही सही! वहाँ बक्सा रखा है! *(धर्मादाय बक्से को दिखा कर)* गुरु माँ के भक्त कुछ-ना-कुछ देते रहते हैं। कम-से-कम चार आने...ज्यादा दिए तो चार सौ रुपए लेकिन यहाँ भेदाभेद नहीं! देने वाले देते रहते हैं, लेने वाले वहाँ से लेते रहते हैं। जो मिलेगा, वही सही! उसी में सन्तोष मान कर बेचारे कृपालु नया अंक छाप कर देते हैं! वैसे भी हम थोड़े ही कुछ करते हैं।

व्यक्ति : करनेवाला वही है। *(जेबें तलाशते हुए पाँच का नोट निकालता है। बक्से में ठूँसता है। बाबूजी देख कर भी न देखने-सा करते हैं।)* दो-चार अंक देख लेता... हैं यहीं...उतना ही गुरु माँ...

बाबूजी : कमलाजी, दौड़े-दौड़े जाओ प्रेस और 'माँ' के चार अंक लाओ!

व्यक्ति : प्रेस से? उफ्! काफी दूर है। उतना दूर क्यों जाएँ? मुझे लगा यहीं होंगे! देख लेता। वैसे मुझे पढ़ने-लिखने का शौक नहीं है!

बाबूजी : कमला जी, मत जाओ!

व्यक्ति : आप से मिल कर परम आनन्द हुआ। सुख सम्वाद से आत्मिक शान्ति मिली। आपकी साधना तो है ही महान! ये सभी आप पर कृपा छत्र धारण किए हुए हैं। हम तो...बिल्कुल कचरा हैं! हाँ, करते रहते हैं अपनी सामर्थ्य भर उनकी सेवा...तनिक इस अड़चन से छुटकारा मिले तो...सेवा ज्यादा करेंगे...क्यों? आप जरा हमारी सिफारिश...*(गुरु माँ की तसवीर देखते हुए)* आप उनसे जरा नजदीक हैं इसलिए कहता हूँ! फँस गया हूँ...राह नहीं दिख रही है...

बाबूजी : हाँ, हाँ क्यों नहीं! नजदीकी याने क्या कहें! हैं थोड़ा-बहुत... कहते रहेंगे...जैसे उनकी आज्ञा मिलेगी, आते रहेंगे...हाँ...सेवा अखण्डित रूप में होनी चाहिए...

व्यक्ति : हाँ, हाँ, क्यों नहीं! जय गुरु!

बाबूजी : जय गुरु!

(व्यक्ति भक्ति भावपूर्ण मुद्रा से बार-बार नमस्कार करता है। बाबूजी उसके पीछे दरवाजे तक जाते हैं। 'वह जा चुका है' को देख कर सहसा अध्यात्म से व्यावहारिक हो जाते हैं।)

गधे कहीं के! क्या नाटक-नौटंकी चल रही थी आप लोगों की? जब मैं आया तब? अँ? क्यों रे शिरी? और तू कमल? अरे यह आश्रम है या असेम्बली? गधे कहीं के! अरे आनेवाला क्या कहेगा?...यह...यह तुम्हारा यह देख कर? हजार बार कहा है—अनुशासन रखिए...अनुशासन। लेकिन सुनता कौन है? देश में भी वही! घर में भी वही! मच्छी बाज़ार सिर्फ! फिर से वैसा तमाशा दिखा तो एक-एक की पीठ सेंक दूँगा! *(शर्ट निकाल कर टांग देते हैं।)* कमल, जा, अन्दर चाय के लिए कह दो! अच्छी एक्स्ट्रा स्ट्राँग चाय...! और देखो, स्नान के लिए पानी रख दो...आज फुर्सत मिली है तो जरा नहा लूँ! *(शिरी से)* क्यों रे? तुम्हारी पढ़ाई कैसी चल रही है? पढ़ाई करते हो या कि ऐसे वैसे ही...पहला नम्बर बना रहना चाहिए, हूँ! यह साला ज्ञान की महत्ता ही कुछ अलग है! *(कमल से)* अपना यह छुटका क्या कहता है?

कमल : *(बाबू को उनके पास लाते हुए)* अ रे रे...हम खूब दुदु पीते हैं...बहुत-बहुत रोते हैं...हैं न बाबू?

बाबूजी : वह क्यों न करेगा यह सब? इस घर में कोई और कुछ करता भी है? जो मिलेगा, वह हजम करते रहते हैं...और ऊपर से मुँह खुले के खुले...! फीस दो...कपड़े लो...किराया दो...साड़ियाँ दीजिए...हजामत को पैसे दो...दूधवाले का बिल दो...दमड़ी-दमड़ी कमा-कमा कर साले सिर पर के बाल आधे हो गए हैं लेकिन जरूरतें कम नहीं हुईं। बल्कि बढ़ ही रही हैं। *(बाजूवाले कमरे के बन्द दरवाजे को देखते हुए)* ये क्या? वे अभी भी भीतर? *(मुँह में अजीब-सी हँसी दबाई हुई कमला को देख कर)* तुम यहाँ क्या कर रही हो? चलो हटो यहाँ से! शैतान कहीं की!

(नजर अभी भी बन्द दरवाजे पर, फिर दीवार पर की पुरानी घड़ी को देखते हुए) सात पैंतीस? *(आह भरकर शिरी की टेबल पर के गौतम बुद्ध को दूसरी जगह रखते हुए, उस जगह स्वयं बुद्ध की तरह बैठते हुए)* इन छोकरों को...पता नहीं क्या लगता है शादी होने के बाद! सींग निकल आते हैं इनके! तुरन्त अनुशासन की छुट्टी कर देते हैं! *(तसवीरों को ध्यान से देखते हुए)* साला अब यह नया खर्च! वो उधरवाले दो 'बाबाजी' कण्डम हो गए हैं। अब उनकी जगह एक-दो नए 'बाबाजी' टाँगने चाहिए! ये 'बाबाजी' लोग भी न! सिनेमा की हीरोइनों की तरह साले बदलते रहते हैं! कल वाले आज नहीं रहते! *(इस बकबक के कारण शिरी पढ़ नहीं पा रहा है! उसे देख कर)* तुम्हारा ध्यान इधर क्यों है? पढ़ाई करो पढ़ाई! *(ध्यान जाता है)* अरी! कमली तुम भी? अभी तक यहीं?

कमल : माँ चाय बना रही है। पानी गर्म हुआ नहीं है अब तक! लेकिन बाबूजी...आप बड़े तड़के उठ कर कहाँ चल दिए थे?

बाबूजी : गया था समशान! लाख बार कहा है कुछ पूछो मत! लेकिन तुम्हारी आदत छूटे तब न!

कमल : *(झूठमूठ)* हाँ, गलती जो हो गई!

बाबूजी : करो, गलतियाँ ही करो। मठ में गया था तो यह मिला...मुसीबत का मारा! बाबाजी के पैर छूने आया था! रात में पी हुई शराब की बदबू से मुँह भरा था। मुसीबत में फँसा है। बाबाजी की कृपा से 'चमत्कार' चाहिए! साला, उसे भक्तिमार्ग समझाने में डेढ़ घण्टा गया! याने समझाते-समझाते मैं ही डूब गया! और क्या! यह भक्तिमार्ग है ही ऐसा! महान!

कमल : लेकिन पिताजी, आप उससे किस 'माताजी' के बारे में कह रहे थे?

बाबूजी : तुम्हारी माताजी के बारे में पक्का नहीं कह रहा था! 'माँ' नामक भक्तिमार्ग प्रधान पत्रिका के बारे में समझा रहा था।

शिरी : कहाँ है वह पत्रिका?

बाबूजी : गधा कहीं का! पत्रिका भले ही ना हो, मैं हूँ ना! फिर और तुम्हें यह सब क्यों जानना है? फालतू की पूछताछ! *(धर्मदाय*

बक्स की ओर जाकर उसे पीछे बिजागरे के पास से खोलता है।) इस घर की यह एक मात्र वस्तु है—कुछ भी ना माँगते हुए सिर्फ देती रहती है। इतने वर्ष हर मुसीबत में यही साथ देती आयी है। अनाथाश्रम से लेकर देवालय जीर्णोद्धार कमेटी तक और पिंजरापोल से लेकर भक्ति मार्ग प्रधान पत्रिका तक का समूचा ब्रह्माण्ड बिचारी के पेट में समाया हुआ है! *(नोट निकाल कर कमल को देते हुए)* लीजिए! दीजिए अपनी माताजी को! और क्यों री? कितने गण्डे बनाए हैं? यन्त्र सुख संचारक? स्टाक खत्म हुआ है! हाँ, तुम्हें समय मिला ही नहीं होगा। है न? कामचोर कहीं की! कोई आया था मेरे पास? कुछ सन्देश...कहीं से कुछ न्यौता? पूछताछ? क्यों रे शिरी? अरी कमल ऽऽ

शिरी : पुलिस आयी थी! वही रोजवाला...

बाबूजी : क्या कहा? पुलिस? तुमने क्या कहा?

शिरी : मैंने नहीं, कमल ने ही कुछ बताया है!

कमल : जैसा आपने कहा था, वैसा ही कह दिया है...खेती के काम के लिए गाँव गए हैं। कब आएँगे पता नहीं!

बाबूजी : बहुत खूब *(सिर पर से हाथ फेर कर)* वैसे भी यह हमारी खेती ही तो हो रही है। उपजाऊ आदमियों का हल चला कर साला पैसा उगा रहा हूँ। मुझे लग ही रहा था कि वह पुलिसवाला ऐसे ही सुबह जल्दी आएगा! कल देर रात में आया था इसका मतलब आज सुबह ही आना था उसे। *(सिर पर का बोझ मानो कम हुआ हो की अदा में)* चलो! अब दिन भर भक्ति! कमल, वह मैंने उस आले में खद्दर के पंचे में लपेट कर जो कागज का पुलिन्दा रखा है न, उसे वैसे-के-वैसे बिना पढ़े बम्बे में डाल देना! क्या समझी? और हाँ, 'उन्हें' पता न चलने देना! *(कमल 'हाँ' में गर्दन हिलाती है।)*

कमल : किसे? माँ को!

बाबूजी : गधी हो तुम! *(दबी आवाज में) तुम्हारी माँ को किसी बात का पता चलने से रहा है भला कभी? 'उन्हें' का मतलब है तुम्हारी भाभी को...*

कमल : लेकिन बाबूजी, उन्हें तो पता चलेगा ही!

बाबूजी : बाद में पता चले तो चले! अभी अचानक लगा तो हादसा लगेगा। आजकल के लोगों के मन बड़े नाजुक बने हैं। साला, जरा-सा हादसा क्या हुआ कि लड़खड़ाया मन! वरना तुम्हारी माँ! उसके मन है, इसका ही हमें कई सालों तक पता न था।

(यमुना जी चाय लेकर आती हैं।)

(उनके हाथों से चाय का कप लेते हुए)—पाँच का नोट *लीजिए—बेटी से! बक्से में जमा हुए थे। (कमल उन्हें नोट देती है।)* नई बहूरानी कैसी लग रही है?

यमुना : है अपनी नाजुक! कल से कुछ खाया नहीं है! कह रही है, भूख नहीं है। रात में तो भोजन छोड़ कर उठ गयी!

बाबूजी : हाँ भई! है शहर का पौधा! यहाँ की मिट्टी में जड़ पकड़ने में देर तो लगेगी ही।

यमुना : अब इस बच्ची का—कमल का विवाह हो जाए! बस! सिर पर का बोझ उतर जाएगा!

बाबूजी : हाँ, यह भी बोझ उतर जाएगा। बाहर की लड़की बहू बन कर इस घर आयी है न! अब रास्ता खुल गया है! अब परेशानी कैसी?

यमुना : अभी उठे नहीं हैं!

कमल : बाबूजी, हम तनिक बिस्तर पर लेटे रहे हैं देर तक तो...

बाबूजी : देख, पिटाई करूँगा। तुम खुद को क्या समझती हो? रानी एलिजाबेथ? एक को थोड़ी छूट दी कि सभी के दिमाग में कुलबुली मचने लगी! अरी, जल्दी सोये, जल्दी उठे वह पाए भण्डार ज्ञान का, अमीरी तन्दुरुस्ती की! यह सब कहने वाले हमारे पूर्वज क्या मूर्ख थे? पिछले पच्चीस वर्ष से जल्दी उठ रहा हूँ इसलिए ये दिन देखने को मिले हैं! यात्रा में थक गयी होगी बहूरानी! नींद आयी होगी! लेकिन अपने उस दिन्या को क्या हुआ? मूर्ख कहीं का! मेरे अनुशासन में बड़ा हुआ है और सुबह के आठ बज चुकने पर भी गधा सो रहा है? कमल, पहले जा और मेरे नहाने के पानी को देख। बिल्कुल गरम पानी नहीं चाहिए मुझे! *(वह जाने लगती है।)* हाँ, वह आले में रखा हुआ—ले जा...कहा था न? *(वह आले में से खद्दर के पंचे में लपेटा पुलिन्दा लेती है और भीतर चली जाती है)*।

यमुना : ये लड़की क्या लेकर गयी?

बाबूजी : बस हो गया! घर में नहीं, वह घर के बाहर क्या करती है इसकी जरा पूछताछ करते रहिए! हमसे पूछिए तो लाखों में एक है...वस्तु! हम बहूरानी के बारे में कह रहे हैं। रूप, गुण, संस्कार—सब कुछ उत्तम है! तिस पर पल कर बड़ी हो गयी है—सौतेली माँ के साथ! उससे स्वभाव बना है सहनशील और गरीब।

पहली बार जब देखा, तभी दिन्या से कहा था—सोचो मत, यही मौका है। ऐसा मौका फिर नहीं मिलने वाला! सब कुछ पता चलने पर वे 'ना' कहेंगे। उसके पहले ही बँध जा बन्धन में। आगे का देखेंगे। *(समाचार पत्र का विशिष्ट पन्ना ढूँढ रहे हैं।)* हाँ, और सबसे बड़ी बात यह कि किस्मत जगाने वाली है। शहर में जब शादी हो रही थी तभी-शादी के मण्डप में ही एक सौदा तय हो गया। बातचीत, लेन-देन कम्पलीट! शादी का खर्चा, यात्रा का खर्चा सब कुछ निकल गया। *(समाचार पत्र के उस पन्ने पर विज्ञापन देखते हुए)* रसोइया चाहिए, कम्पैनियन चाहिए...मैकेनिक चाहिए...मशीन बेचनी है—भैंस खोयी है... सलून बेचना है...*(झट् से उठ कर टेबल पर रखी लाल पेन्सिल लेकर बैठ जाते हैं और निशान लगाने लगते हैं...)* सलून बेचना है...

यमुना : *(भय से, कौतूहल से)* याने वहाँ, शहर में ऐसा क्या किया?

बाबूजी : हरि ॐ *(जम्हाई लेते हुए)* क्या करता? खेती का एक सौदा पटाया...

यमुना : खेती? किसकी?

बाबूजी : *(समाचार पत्र में देखते हुए)* अरी भई, ऐसी मौके की जगह...चालू धन्धा...गुडविल...बेचना है...किसी की भी हो खेती...हमें क्या उससे? बस शकुन के तौर पर रकम ली और आपके साथ आ बैठा एसटी में...

यमुना : लेकिन ऐसा कैसे...?

बाबूजी : मैं वर पिता! उसे पता नहीं था! मेरा 'वह' रूप देखा! शादी-ब्याह में पहनता हूँ वह अल्पाक का कोट...नयी धोती...सिर पर रेशम

की पगड़ी...कान में भिकबाली...वैसे कपड़े थे पुराने लेकिन मैं दिख रहा होऊँगा एकदम राजकुमार! इस गृहस्थी ने चौपट कर रखी है मेरी सुन्दर शक्ल-सूरत! वरना...इन तसवीरों में जँच गया होता! जाने दो...तो उसने कहा—क्या हुआ उस खेती की बिक्री का—कुछ बात आगे बढ़ी? बस! मैंने उसे लिया चपेट में! कोने में जा बैठा उसे लेकर! और उठा तो सौदा निबटा कर ही! शायद लड़कीवालों में से होगा कोई! क्या नाम था उसका... *(शिरी झुँझला जाता है। किताब पटक कर चला जाता है।)*

यमुना : लेकिन बेटे के विवाह में...

बाबूजी : तो क्या हुआ? पता है लड़कीवालों ने सिर्फ साढ़े चार सौ रुपए दिए हैं। ऊपर के खर्चे कैसे होते? क्या दाँत निकालकर देता? माना कि लड़की गरीब घर की है। लड़की सुसंस्कृत है। तिस पर अपना सिक्का भी तो...। याने मान-मरतब के मामले में...इसीलिए तो साढ़े चार सौ पर मान गया! उफ् यह शादी तय करना। इससे तो अच्छा है सर्कस चलाना। इसका मान...उसकी प्रतिष्ठा!...और तो और! पहली बहूरानी! चार गहने चाहिए। अच्छी साड़ियाँ चाहिए...न करता तो क्या करता?

यमुना : हाँ जी! हम तो रह गयीं शंकर की पारबती बनकर-कंगाल...! बीत गया जीवन...

बाबूजी : तो क्या उपकार किए? हम थे जो आपको अपनाया। तब अपनी भी शुरुआत थी धंधे की! अनुभव की कमी। आपके हाथों में सोने के कंगन पहनाता तो मुझे हथकड़ियाँ न पहनायी जातीं? साला यह डर तो सदा टँगा रहा सिर पर तलवार की तरह। इस आपके शंकर जी के सिर पर! ऐसे में कैसे गहने और क्या! अब तो मिल रहा है न सब? आस-पास की गृहस्थियों में देखिए तब पता चलेगा...

यमुना : ना कौन कहता है? कभी कुछ कहा भी है?

बाबूजी : हूँ! तो बहूरानी को आज ही ले जाइए सुनार के पास! चूड़ियाँ, झुमके और गले का वह गहना...बनाने के लिए दीजिए...क्या समझीं? *(कमल भीतर से आती है।)*

कमल : बाबूजी, पानी रखा है।

बाबूजी : ठीक किया! *(यमुना जी से)* देखिए, नई-नई बहू है। सासपन मत दिखाइए। सौतेली माँ के साथ पली है। उसे जितना प्यार देंगे, उतनी यहाँ रम जाएगी। अपनी धाक मत जमाना...ध्यान में रखिए...आपकी बेटी का ब्याह जो होना है।

यमुना : *(आँखें पोंछते हुए)* मुँह बन्द रख कर पूरी जिन्दगी बितायी और अब आपके ये ताने... *(भीतर चली जाती है)*

बाबूजी : हाँ! स्नान बड़ा महत्वपूर्ण है। *(बन्द दरवाजे को देख कर)* यह बेटा–दिन्या भी...अभी तक...हाँ, हमने भी तो यही किया था...*(कमल को देख कर)* तुम? यहीं खड़ी? भाभी से ठीक बात करना...जबान सँभालकर! एक भी शब्द इधर-उधर नहीं होना चाहिए...समझी? कुछ पूछा तो पता है न जवाब?

कमल : *(मुँह फुला कर)* क्या? मुझे थोड़ी ही अक्ल है जो इतना जानूँ!

बाबूजी : नॉन कमिटल... नरो वा कुंजरो वा...अपना वह महाभारत टेक्निक...हाँ नहीं ना नहीं! क्रॉस करने लगी तो पता है न पॉलिसी?

कमल : *(वैसी ही।)* क्या?

बाबूजी : बा...बा... पॉलिसी! याने पगला बादशाह बनने की अदा... अज्ञान...यह नहीं, वह नहीं! थूक निगलने कीं! त त प प करते रहने का! और मुँह पसारकर छत देखते रहने का! कोर्ट में सक्सेसफुल होनेवाली रामबाण पॉलिसी! इसी को अपनाकर तो साला मैं दो बार संशय का लाभ उठाते हुए छूटा था! और सुनो, ननद का अधिकार जतलाने जाओगी, ताने दोगी तो नहीं चलेगा...वह अच्छी लड़की है, गरीब है, उसे सँभालना चाहिए। उफ्! यह दिन्या भी! क्या मुसीबत है। यह पागल अभी तक...जाने दो...नहाना जरूरी है...

('शंभो हर हर' कहते हुए भीतर जाते हैं। कमल आलमारी से अपना पुराना टीन का बक्सा निकालती है और इधर-उधर कोई नहीं है देख कर गले में लटकायी हुई चाभी से खोलती है। उसमें नकली इयरिंग्ज़, नेकलेस, चूड़ियाँ, गुड़िया आदि सामान है। वह एक-एक निकाल कर देखती है। उलटती-पुलटती है। फिर से रख देती है। साथ-साथ

गुनगुना रही है—एक ही पांकी...उतने में बगलवाले कमरे के बन्द दरवाजे की सांकल बजती है। कमल डर के मारे जल्दी-जल्दी बक्सा बन्द करती है और दीवार से सट कर खड़ी रह जाती है। नजर दरवाजे पर।)

दिनकर : (सिर्फ आवाज) जरा रुको न...

मंगला : ***(सिर्फ आवाज)*** नहीं, बहुत देर हो चुकी है! पता नहीं कैसे इतनी नींद...खुली ही नहीं *(कमल बक्से में ताला लगाती है। बक्सा पुनः वहीं पर रखती है जहाँ से निकाला था और दीवार से सटकर चुपचाप खड़ी रहती है। द्वार खुलता है। नौ गज साड़ी पहने हुए प्रसन्न लेकिन अस्त-व्यस्त मुद्रा में मंगला बाहर आती है। वह मूलतः सुन्दर, प्रसन्न है। बाहर आकर बाल सँवारते हुए इधर-उधर देखती है। अगरबत्तियों की खुश्बू, ताजा फूलों के हार—मंगला को अच्छा लगता है। वह लम्बी साँस लेती है।)*

दिनकर : *(दरवाजे से झाँकते हुए)* ए...

मंगला : उहूँ! देखिए, दिन कितना निकल आया है।

दिनकर : *(दिनकर, कितना निकला है, यह देखने की चेष्टा करता है)* इस दिन को भी न कितनी जल्दी पड़ती है निकलने की! अभी तो रात थी... *(आलस में अँगड़ाई लेता है।)* और बाबूजी का चीखना-चिल्लाना कैसे नहीं हुआ? सूरज निकलना भले ही भूल जाएगा लेकिन बाबूजी का घर के सभी लोगों के नामों का भजन नहीं भूलेगा! कहीं गए हैं क्या? या फिर से... *(कोट, पगड़ी टंगी देखता है।)* ओ हो! घर में ही हैं! जब हम छोटे थे न...तब ऐसे ही सुबह देखा करते थे बाबूजी को... *(होश में आकर)* कुछ नहीं! गाँव जाते थे! *(डर के मारे इधर-उधर देखता है। मंगला राम पंचायतन की तसबीर के सामने खड़ी है। उसकी पीठ दीख रही है)* पसन्द आयी तसवीर?

मंगला : कैसी मजे की बात है! हमारे घर में भी यही तसवीर है और यहाँ भी! पिताजी ने अपनी बैठक में लगायी थी—उन्हें हमेशा दिखती रहे, ऐसी! उसके सामने पिताजी बैठा करते हैं। सामने छोटा टेबल! पिताजी का इस तसवीर से काफी लगाव! एक बार खेलते समय मेरे हाथों से टूट गयी! खूब पिटाई हुई मेरी!

वे हमेशा कहा करते थे—इस तसवीर को किसी ने कुछ किया तो खबरदार! कोई नहीं हाथ लगाता था! दरअसल मैंने जान-बूझ कर तोड़ी थी वह तसवीर!

दिनकर : जान-बूझ कर?

मंगला : और जो मार पड़ी वह चुपचाप सही! न रोते हुए!

दिनकर : हमारे बाबूजी को हमें मारने के लिए भी कभी समय नहीं मिला। उनकी सारी ताकत सिर्फ जबान की! लेकिन ऐसी आवाज कि सुन कर काँप जाते थे। किसी की हिम्मत नहीं थी उनके सामने कुछ बोलने की—माँ की भी नहीं! मैं तो आज भी उनके सामने जाने से कतराता हूँ। थूक निगलते नहीं बनती! साला, हिम्मत जुटा ही नहीं पाता! *(वह मुस्कुराती है।)* ऐ, तुम कितना सुन्दर मुस्कुराती हो! *(पास खिसकता है।)*

मंगला : *(दूर खिसकते हुए)* उहूँ! ससुरजी देखेंगे तो फिर से कुछ डाँट सुननी पड़ेगी।

दिनकर : गधे के बच्चे कहीं के! जंगली कहीं के! बाबूजी के लाड़ले सम्बोधन हैं ये। किसने तुमसे कहा था सच बोलने के लिए? गधे के बच्चे! झूठ-झूठ बोलने पर डाँटा करते थे।

मंगला : झूठ बोलने पर गुस्सा करना तो कोई मेरे पिताजी से सीखे। कोई झूठ बोलता था तो ऐसे बरसते थे—उफ्! चेहरा लाल हो जाता था! कहते थे, 'कुछ भी करो पर झूठ क्यों बोलते हो? किसे धोखा देना चाहते हो? किसे?'

दिनकर : *(डर के मारे)* किसे? किसी को भी तो नहीं धोखा दे रहा हूँ। नहीं तो...

मंगला : मैंने आपसे थोड़े ही कहा? मैं अपने पिताजी की बात बता रही थी।

दिनकर : *(उसांस छोड़ कर)* हाँ, सच ही तो है।

मंगला : माँ बचपन में ही चल बसी लेकिन उनकी एक याद है। वह एक बार झूठ बोली थी तब पिताजी ने पूरा दिन उपवास रखा। पानी तक नहीं छुआ। चाय भी नहीं। माँ ने भी वैसा ही किया। लगातार रो रही थी। मुझे गले लगा कर रो रही थी। फिर मेरे मामाजी पधारे। वर्धा से आए अचानक। उन्होंने मेल कराया।

दूर के रिश्ते में वे मेरे मामा थे। बीच-बीच में आया करते थे—सहसा आते थे। मुझे गोद में उठा कर खूब चहकते थे। मुझे हवा में उछालते थे और मैं ऐसी डर जाती थी कि कुछ मत पूछो...

दिनकर : *(एक्शन कर)* डरो मत। गिरोगी नहीं। मैंने पकड़ लिया है तुम्हें।

मंगला : ये क्या? कोई देखेगा न! चलिए हटिए। कई काम करने होंगे। सासू माँ क्या कहेंगी? *(चलने लगती है। भीतर जाते हुए कमल पर नजर पड़ती है।)* कौन? ननद जी?

कमल : अं... मैं ही हूँ! लेकिन मैंने कुछ सुना नहीं!

मंगला : *(सहसा)* झूठ क्यों बोल रही हैं? किसे धोखा दे रही हैं आप?

कमल : अं? मैं? और धोखा?

मंगला : मैं अपने पिताजी की बात कह रही थी!

कमल : अं? हाँ हाँ! वे ऐसा कहा करते थे जब वे गुस्सा हो जाते थे। लेकिन कसम से, मैंने कुछ नहीं सुना!

(मंगला रसोईघर में चली जाती है। कमल दीवार के आगे आ जाती है।)

दिनकर : ऐ कमल की बच्ची! तू फिर से चोरी-छुपे सुन रही थी?

कमल : कब? क्या?

दिनकर : फिर वहाँ क्या कर रही थी?

कमल : बाबूजी ने ही कहा था...कोई आएगा तो...क्या कहना है यह मैं ही जानती हूँ...

दिनकर : ऐ...मैं क्या तुझे आज जानता हूँ? यह नाटक-नौटंकी बन्द कर! ये सब बाहर कर! यहाँ छुप कर क्यों सुन रही थी?

कमल : हाँ, सुन रही थी! क्या कहना है? यदि आप को लगता है कि आपकी बात कोई न सुने तो यहाँ बोल ही क्यों रहे थे? अपने कमरे में जाकर बतियाते रहते...वह कमरा दिया है न तुम्हें बाबूजी ने! हमारा सारा सामान निकाल कर तुम्हें दिया है न! तुम्हारी शादी हो गई है इसलिए।

दिनकर : तू फिर से दीख तो जा ऐसे घटिया काम करते हुए...देखता हूँ फिर...

कमल : दीख तो जाऊँगी ही! हिम्मत है तो उस राजा सालुंखे की गैंग को डाँट ना! मुझ पर क्यों बरस रहे हो? उधर तो तलवे चाटता

रहता है! और वे तेरे बन्दर छोकरे! नुक्कड़ गैंग! और लड़कियों के सामने शेर बन जाते हो तुम सब-के-सब...

दिनकर : री कमल! बस! मत छेड़ो वह विषय!

कमल : क्यों? क्यों न छेड़ूँ?

दिनकर : क्योंकि वह सब छोड़ देना चाहता हूँ।

कमल : *(आश्चर्य से)* भैया ऽऽ

दिनकर : हाँ! कहीं काम करूँगा। चार पैसे कमाऊँगा! आज से ही!

कमल : अरे! कह क्या रहे हो?

दिनकर : मैट्रिक पास हूँ। कहीं मामूली नौकरी मिल ही जाएगी! नौकरी पाते ही अलग गृहस्थी बसाऊँगा!

कमल : तुम?

दिनकर : हाँ! मैं ही! क्यों? कमल! अब मुझे शर्म लगने लगी है! घिन आ रही है...घर की...यहाँ के सभी की...

कमल : भैया! तुम्हारी तबियत तो ठीक है न?

दिनकर : एकदम ठीक है! इसीलिए तो तय किया है वह...वह बहुत अच्छी है...

कमल : कौन?

दिनकर : वही...वही री!

कमल : अच्छा! तो हम सब बुरे! याने तुम्हें छोड़ कर...

दिनकर : मेरे रास्ते आओगी तो जान से मारूँगा...

कमल : मार दो न! किसने रोका है? और मैं तुम्हारे रास्ते क्यों आऊँगी? मुझे क्या लेना-देना?

दिनकर : उससे कुछ कहोगी तो देखना! पछताओगी! बाबूजी क्या करते हैं...हम सब...इस घर के बारे में...

कमल : लेकिन भैया, भाभी तो इसी घर में रहनेवाली हैं। क्या उसे यह सब पता न चलेगा? *(अजीब-सी हँसती है! हल्के-से ताली बजाती है)* हाँ, एक आदमी तो फँस ही गया—पूरी तरह से!

दिनकर : ऐ कमली! बकवास बन्द कर! मैं अलग गृहस्थी बसाऊँगा। उसके बाद वह जान भी जाए तो कोई बात नहीं। तब कुछ नहीं बिगड़ेगा! और सब कुछ चाहे जैसा हो, लेकिन मैं बदल चुका होऊँगा! अच्छा बन चुका होऊँगा!

कमल : दो दिन में इतने बदल गए हो भैया?

दिनकर : हाँ बहना! पहली बार मैं जान गया हूँ कि सच्चा सुख क्या होता है। मुझे वह बहुत अच्छी लग रही है। जान से भी प्यारी! उसमें ऐसा कुछ है...कुछ तो ऐसा है कि–उसके साथ बहुत शान्त हो गया हूँ। बेहद शान्त! फिर भी चाहत बनी हुई है। चाह से भरपूर हूँ।

कमल : हं...हं।

दिनकर : कमली, प्लीज, उसे वह सब मत बताना! उसे तकलीफ होगी... मैं नहीं जानता कि तब क्या होगा!

कमल : नहीं बताऊँगी! लेकिन अपने पिताश्री का क्या? उनका तो सब कुछ वैसा ही चल रहा है! तुम नहीं जानते भैया...तुम्हारी शादी के मण्डप में भी उन्होंने...

दिनकर : क्या किया?

कमल : वही! हमेशा की तरह! *(अजीब-सी हँसती है)*

दिनकर : कह क्या रही हो?

कमल : मैं थोड़े ही जानती थी? लेकिन अभी कुछ देर पहले पिताश्री माँ से कह रहे थे...मैंने सुन लिया! भाभी के मायके का था कोई...किसी बागीचे की बिक्री का मामला था... दलाली एडवान्स ली उन्होंने और हमारे साथ एस.टी. में आ बैठ गए। *(फिर से अजीब मुस्कान)*

दिनकर : ना, कमली तुम कुछ भी बक रही हो।

कमल : वैसा ही सही!

(बाबूजी स्नान कर स्तोत्र बदुबुदाते बाहर आते हैं। पहले तो झाँकते हैं फिर बाहर आते हैं।)

बाबूजी : *(स्तोत्र बुदबुदाते)* क्या चल रहा है? तुम दोनों यहाँ खड़े क्यों हो? हड़ताल किए जैसे? क्यों दिनकरजी? और आप कमल देवी? बाप मर रहा है काम कर-करके! और आप मजे कीजिए! कमली, कुछ काम-धन्धा नहीं है? इस दिनकर को छोड़ दो! लेकिन तुम? तुमको कहा गया था न कि स्टॉक खत्म हो गया है! इस घर में न... अनुशासन नाम की कोई चीज शेष ही नहीं रही है! बाजार बन गया है यह घर! भ्रष्टाचार! हम और हमारी तरह

ही वह प्रधानमन्त्री भी चिल्ला रहा है! *(कपड़े पहन रहे हैं।)* गुरुदेव दस! कमली, स्नान कर ही लिया है मैंने तो अब लगे हाथ पूजा भी निबटा लेता हूँ। पुराने संस्कार हैं। आगे चलने चाहिए। हमारे पूर्वज मूर्ख थोड़े ही थे? कितना साफ-सुथरा लगता है यह सब करने पर...उत्साह बढ़ता है...

दिनकर : *(साहस करते हुए)* बाबूजी...

बाबूजी : *(धोती की चुन्नट ठीक करते हुए, स्तोत्र बुदबुदाना जारी है।)* आपने पुकारा?

कमल : बाबूजी! आज आप भैया को 'आप आप' क्यों पुकार रहे हैं?

बाबूजी : विवाह हो गया है उनका! अब वे बड़े बन गए हैं। उनकी पत्नी के सामने उन्हें हम 'ए, तुम' कहेंगे तो अच्छा नहीं लगेगा। है न? हाँ, वह बात और है कि चार पैसे कमाने की अक्ल नहीं है। देर तक सोने में मन तो लगता है न? *(स्तोत्र बुदबुदाना जारी है)* सोओ सोओ... जब तक हमारे हाथ चलु रहे हैं तब तक पालेंगे इन्हें! इस घर में बहू आए! हमारा शौक था न!

दिनकर : बाबूजी, मुझे आपसे...

बाबूजी : कमल, जाओ, पूजा का सामान निकालो! *(कमल मजबूरी में चली जाती है, लेकिन कान इधर ही हैं।)*

(दिनकर से) और देखिए भीतर कह रखा है—आपकी मातोश्री से पैसे लीजिए और बहूरानी को चार साड़ियाँ ले आइए। गहनों के बारे में भी कह रखा है हमने। वे ले जाएँगी। एक साथ सारी खरीदारी हो जाएगी। हाँ, साड़ियाँ गहरे रंग की लेना! गोरे बदन पर शोभा देंगी।

दिनकर : बाबूजी मैं इससे भी कहीं ज्यादा जरूरी बात कहना चाह रहा हूँ। आपने...मेरी शादी के मण्डप में...

बाबूजी : हाँ भई, गर्मी लग रही थी। काफी हीट थी। वधू के घरवाले क्या करते बेचारे? आजकल लड़केवाले होने पर भी दादागिरी नहीं चल सकती। तिस पर अपनी यह हालत...नरम-नरम! विवाह सम्पन्न होना जरूरी था! आप नहीं समझ पाएँगे यह नीति...आपकी अक्ल सिर्फ नुक्कड़ पर चलनेवाली...चटक कपड़े पहन कर इधर-उधर लुढ़कने वाले उल्लू लोग तुम...

दिनकर : बाबूजी, मैं वह कुछ कहना-सुनना नहीं चाह रहा हूँ! आपने वहाँ-शादी के मण्डप में क्या किया?

बाबूजी : *(स्तोत्र जोर-जोर से बड़बड़ाते हुए)* आपकी शादी में? क्या कुछ गलत हुआ? गलती हुई? *(पुकारते हुए)* अरी, ऐ कमली...अरी, यह घर है या ईरानी का होटल! पुकारने पर एक सामने नहीं आएगा! *(स्तोत्र जारी)*

दिनकर : बाबूजी, मेरी शादी के मण्डप में आप क्या कर रहे थे? हमेशा की तरह! धन्धा!

बाबूजी : *(स्तोत्र रुकता है) (उनके सामने खड़े होकर)* मेरे ऐसे धन्धों के बल पर ही शादी की उम्र के बन गए हो। समझे? दो पैसे कमाने की अक्ल नहीं है फिर भी ताड़ की तरह निकल आए हो!

दिनकर : उफ्! बाबूजी! उधर के किसी आदमी से आपने...

बाबूजी : धोखेबाजों की बिरादरी में इधर-का-उधर ऐसी कुछ जमात नहीं होती। दिनकर जी, सभी की जाति इधर एक ही! शहर के हो, गाँव के। यहाँ के हो, वहाँ के हो। पाँव पकड़ कर बैठे टोपलेगावकर जैसा मुसीबत का मारा हो या कोई और! बकरे कटने के लिए ही होते हैं। इस दुनिया में आए दिन बढ़नेवाली इन फालतू बकरे-से आदमियों की जमात का एक ही उपयोग है—अक्लवालों के हाथों गर्दन काट दी जाए...अक्लमन्दों की सुविधा है यह!

दिनकर : लेकिन बाबूजी! उसके घर पता चलेगा तब?

बाबूजी : तुम क्या इस गलतफहमी में हो कि जन्म-भर वे कुछ जान न पाएँगे?

दिनकर : कम-से-कम यह तो न जान पाए—और कुछ दिनों तक...

बाबूजी : वह भी जान जाएगी...कोई बात दीर्घकाल छिप नहीं सकती! ये बातें उससे छिपी रहेंगी, इस भोलेपन में मत रहो मेरे बेटे! खुद को धोखा मत दो! वह सब कुछ जान जाएगी...*(दिनकर धड़ाम् से बैठ जाता है!)* शायद वह कुछ ज्यादा ही जान जाएगी। जो नहीं है वह भी! क्योंकि झूठ के पर बिना सच का हवाई जहाज उड़ान नहीं भर सकता!

दिनकर : तब तो बस गई मेरी गृहस्थी...

बाबूजी : डरपोक, निकम्मे आदमी की गृहस्थी चौपट नहीं होगी तो क्या बसेगी! मेरे लाडले, हमारा उपनाम धारण करते हो और इस कदर कायर? अरे! साहस चाहिए! हिम्मत-ए-मर्दां मदद-ए-खुदा! हमें देखिए! एक लोटा और कम्बल के सहारे इतनी बड़ी गृहस्थी सजायी और निभायी है। आपकी मातोश्री से ब्याह रचाया! आप लोगों को जनम दिया। परवरिश की। एक पैर जेल में और दूसरा गृहस्थी में रख कर गृहस्थी निभायी। किसी क्रान्तिकारी से कम नहीं, समझे? जेल की यात्राएँ तीन बार कीं! लेकिन हिम्मत टूटने नहीं दी! बल्कि बढ़ाता गया!

दिनकर : बाबूजी, आपकी बात अलग है...

बाबूजी : सही है। क्योंकि तुम्हारे बाप को सँभालने के लिए उसका बाप जो नहीं था। आप का बाप है। मुझे अपनी शादी खुद अपनी अक्ल-तिकड़म लड़ा कर तय करनी पड़ी! आपकी शादी आपके बाप ने तय की है न! और सम्पन्न भी की है। *(धीमी आवाज में)* दिनुराजा, तुम औरतों की सायकॉलॉजी नहीं जानते। इसलिए डर गए हो! तुम्हारी माँ को शादी के दूसरे ही दिन मैंने अपने धन्धे के बारे में सब कुछ बता दिया। कहा—यही करता था, करता रहूँगा। पसन्द नहीं है तो निकल जाइए! दरवाजा खुला है! हाँ, औरत जात कुछ सवाल-जवाब करे तो बर्दाश्त नहीं किया जाएगा! वे रह गईं। चुपचाप! कहाँ जातीं! शुरू-शुरू में चुपके से रो लेती थी! फिर चैन से रहने लगी! क्या कुछ बिगड़ गया?

दिनकर : पर, बाबूजी...

बाबूजी : हाँ, वे पढ़ी लिखी न थीं! तब औरतों के घर से बाहर जाकर काम करने का फैशन न था! इसलिए रहीं—यही कहना चाहते हो न? लेकिन सिर्फ यही सच नहीं है। सच बात जो है—साले, मेरी हिम्मत की! वे जान गयी थीं मेरी ताकत! बीबी छोड़ कर जाएगी इस बात के डर से मैं रोता नहीं बैठा—तुम्हारी तरह! ताला-चाभी उसके सामने रख कर मैं चलता बना अपने काम के लिए। दो दिन लौटा ही नहीं! काम किया तब लौटा! वे भूखी बैठी थीं। घर में ही! हिम्मत चाहिए आदमी में। *(बेबस*

आवाज में) तुम्हारी पत्नी, अच्छी लड़की है। पुरानी चाल-ढाल की है। गरीब है। सुन्दर भी है। इससे खतरा भी ज्यादा है...उसके लिए...घर के बाहर कदम रखते ही! वह नहीं जाएगी! जाएगी तब भी उसका बाप फिर यहाँ छोड़ जाएगा उसे! वह मास्टर है! माँ सौतेली! हाँ, अब तुम्हें हिम्मत से काम लेना होगा! ऐसे जमीन में धँसे क्यों जा रहे हो? मैं हूँ न! हाँ, इतना होना चाहिए कि उसे ये सारी बातें आहिस्ता-आहिस्ता पता चलनी चाहिए, एक साथ नहीं। वरना शॉक लगेगा! वैसे वह कोमल मन की है! यदि वह कुछ पूछेगी भी तो अपनी पॉलिसी पता है न? नॉन कमिटल! धर्मराज टेक्निक! नरो वा कुंजरो वा! चलो, जाओ अब। ऐसे सिर पकड़ कर मत बैठो! और हाँ, वह साड़ियाँ खरीदने की बात मत भूलो...

(बाहर से आवाज—कुलकर्णी हैं क्या घर में?)

(अब तक का खुलापन समेट कर झट से सजग होते हुए) कौन? अरे, यह काका बाक्रे इधर कैसे? क्यों? *(दिनकर से)* ठहरो! यह वैसे नहीं जाएगा! बता दो उसे—घर में नहीं हैं! *(टंगा हुआ कोट, पगड़ी, चप्पल समेट कर भीतर भागते हैं।)*

(लम्बे, स्वस्थ तबियत के काका ब्राके बाहर के दरवाजे से भीतर प्रवेश करते हैं। हाथ में लाठी। नखशिखान्त खद्दर के कपड़े। फौलाद-सा व्यक्तित्व)

दिनकर : बाबूजी घर में नहीं हैं—बाहर...

काका : सच? *(बन्दनवार दूर सरकाते हुए भीतर प्रवेश)* जाने दो बेचारे को! जब मैं आ ही गया हूँ तो अब सब से मिल कर ही जाऊँगा। *(भीतर आकर चारों तरफ नजर घुमाते हैं।)* वाह! खूब! घर कैसा आश्रम-सा रखा है। *(एक-एक तसबीर को गौर से देखते हुए)* ये कौन...? हं! और वे? हाँ? पहचान में नहीं आता! यह नया चेहरा कौन? *(अन्त में दान बक्से के पास)* ओ हो! सब से बड़ा बाबा! फण्ड बक्सा!

दिनकर : बाबूजी हैं नहीं। जल्दी आएँगे भी नहीं!

काका : मैं समझ गया! मैं भी बिल्कुल जल्दी में नहीं हूँ! और उससे मिलने की ज़िद भी नहीं है। हाँ, सिर्फ घर देख लूँगा तब भी

काफी है। मैंने उसे, तुम्हारे बाबूजी को बहुत बार देखा है। मैं जेल व्हिजिटर का काम करता हूँ। तुम कौन? उनका बेटा? बड़े बन गए हो! वह तुम्हारे बारे में कहता रहता था। तुम छोटे थे तब! कम से कम तुम छोटे हो यह मानकर वह बोला करता था! शादी किसकी तय हुई है? तुम्हारी?

दिनकर : हो गयी!

काका : *(शॉक लगने-सा)* क्या? हो गई? इतनी जल्दी? *(गम्भीर, चिन्तनग्रस्त होते हुए)* हं! तो जल्दबाज़ी की! वैसे वह है ही होशियार! सही भी है। वह बन्दनवार भी बँध गया है। याने विवाह हो ही गया है! *(बेचैन होते हुए)* तुम क्या करते हो?

(भीतर से बाबूजी ही आते हैं–कोट, पगड़ी, चप्पल के साथ)

बाबूजी : उसे क्यों तंग कर रहे हो? हैं हूँ न!

काका : *(तनिक भी आश्चर्य नहीं)* तुम हो न? इसने कहा–नहीं हो! बेटा तुम्हारे कब्जे में लगता है।

बाबूजी : मेरा घर अभी सर्वोदय मठ नहीं हुआ है।

काका : लेकिन बुवागिरी तो कर ही रहे हो...

बाबूजी : पेट के लिए! जगत् कल्याण का गुब्बारा नहीं है इसमें!

काका : चालाक गुनहगार का हमेशा का तर्क! तुमसे तो खूब सुना है! सद्सद विवेक बुद्धि को स्वीकार नहीं होता वह! बाबूजी महोदय! ऐसे तर्कों से सद्सद्विवेक बुद्धि कैसे फँसेगी?

बाबूजी : पहले यह बताइए कि आप यहाँ कैसे?

काका : तुमसे मिलने...

बाबूजी : मेरे घर को चरण स्पर्श करने का खास कारण?

काका : तुम जेल में मिलते जो नहीं! आजकल 'वैसा कुछ काम' नहीं निकाला क्या?

बाबूजी : जेल में न जाते हुए अब मैं देशभक्ति करनेवालों से नया मन्त्र सीख गया हूँ– चमड़ी बचाऊ तन्त्र-मन्त्र!

काका : देशभक्ति करनी है तो जेल जाना ही चाहिए यह 'नियम' याने पागलपन की हद है। अरे, न्यायमूर्ति रानडे, महात्मा ज्योतिबा फुले, धोंडो केशव कर्वे क्या देशभक्त नहीं थे? बाबूजी, ये सभी तो सोलह आने सही देशभक्त थे! और हाँ, जो जेल गए थे

वे क्या सभी के सभी देशभक्त थे? उनमें कई तो गुनहगार भी थे। युद्धभूमि से भागे हुए, लुच्चे-लफंगे, मौका परस्त, जाने दो वे बातें। बातों में समय का अपव्यय होता है। मैं आया था कुछ काम से।

बाबूजी : काम? मुझसे?

काका : मुझे बेटे की शादी में बुलाया नहीं?

बाबूजी : *(चौंककर)* आप से किसने कहा?

काका : क्यों? अरे अपना स्नेह है ही न! कइयों से परिचय है! विवाह सम्पन्न होने का कोई समाचार तो छपा न था लेकिन मैंने सुना कि शादी तय हुई है। इसलिए जल्दी-जल्दी आया। तो आपके बेटे ने कहा–हो भी गई।

बाबूजी : तो अब आप क्या चाहते हैं?

काका : *(दुखी मन से)* लड्डू! और क्या माँग सकता हूँ?

बाबूजी : सर्वोदयवादी खजूर और नीम की पत्तियों वाला लड्डू कैसे खाएगा?

काका : दुनिया के कड़वे अनुभव पचाने के लिए रोज नीम की पत्तियाँ चबानी चाहिए।

बाबूजी : तो ठीक है, मँगवाता हूँ थाली भर नीम...

काका : वह तो तुम दे चुके हो! *(लाठी पर हाथ टिकाकर, उस पर ठुड्डी रख उदास-से बैठ जाते हैं)*

बाबूजी : *(बढ़ती बेचैनी से)* मेरे पास समय नहीं है। जल्दी काम बताओ।

काका : तुम्हारे-मेरे काम भले ही भिन्न हों लेकिन समय तो मेरे पास भी नहीं होता। तुम तो जानते ही हो कि अन्यथा ऐसा पहरा देकर नहीं बैठता-तुम्हारे घर का...। किसी मासूम को फँसाकर तुम इस गुनहगारों के स्कूल में भर्ती करते रहो–और मैं देखता रह जाऊँ–

बाबूजी : काकासाहब

काका : गुर्रा कर क्या होगा! *(उदास बैठते हैं)*

बाबूजी : काकासाहब, आपके आने से हम गरीबों पर मेहरबानी हुई। हम खुश हुए! धन्य हैं आप। हमारी कुटिया पावन हुई। अब आप तशरीफ लेकर चले जाइए!

काका : मैं जाने के लिए नहीं आया हूँ। मुझे जवाब चाहिए।

बाबूजी : जिससे कुछ लेना-देना नहीं, साला, उस सर्वोदयी का यह उद्योग धन्धा!

काका : इसे मानवता का धन्धा कहते हैं! शादी तय करने के पहले मुझसे पूछा क्यों नहीं?

बाबूजी : अपने घरेलू मामलों में गाँव के खद्दरधारी सन्त-महात्माओं की सलाह लेने की आदत नहीं है मेरी!

काका : तो क्या किसी के घर की मासूम लड़की को धोखे से अपनी इस गुनहगारी-बेबस घर की दुनिया में लाने की आदत है तुम्हारी? बाबू, तुम खुद गुनहगार थे ही लेकिन ऐसे पत्थर दिल होगे, इसका अंदाजा न था मुझे!

बाबूजी : काकाजी, मेरे ही घर आकर मुझे बदनाम करने में गांधीवादी शिष्टाचार का अतिरेक हो रहा है। मेरे लिए यह बर्दाश्त करना असंभव है। ये अपने धन्धे किसी और भोले-भाले घर में कीजिए!

काका : मेरी तो कुछ भी करने की इच्छा नहीं है! कुछ भी नहीं! ऐसा कुछ देखा कि मनुष्य का मनुष्यता पर से ही भरोसा उठ जाता है!

बाबूजी : मुझे तो कभी कतई नहीं था ऐसा भरोसा।

काका : था! कम-से-कम मुझे भ्रम तो था। इसीलिए तो हर बार जेल के अधिकारी के पास तेरे लिए सिफारिश करता रहा! सहूलतें दी तुझे। तुम्हें सजा कम से कम मिले इसके लिए प्रयत्न करता रहा! याद है, अपने बच्चों के बारे में बोलते समय तुम कितना सिसकते थे...जेल में, सलाखों के पीछे! और वही तुम! दूसरों की बच्ची के प्रति ऐसे दुष्ट...क्रूर!

बाबूजी : काकासाहब, अब कुछ ज्यादा ही हो रहा है। कहे देता हूँ—आपकी-हमारी जीने की राहें बिल्कुल भिन्न हैं! यह बात कब की साफ हो गयी है!

काका : लेकिन तुम से मेरी जिद रत्तीभर भी कम नहीं है, इस बात को भी तुम अच्छी तरह से जानते हो! कहाँ है बहू तुम्हारी?

बाबूजी : सफेद कपड़ों में घूमनेवाले संन्यासी बिलावों को उसके पैरों के दर्शन भी नहीं होंगे।

काका : *(क्रोध पर काबू पाते हुए)* हाँ! तो फिर समझ लो कि तुम्हारे द्वार पर उस बच्ची के लिए भीख माँगने आया हुआ यह संन्यासी बिलाव उससे मिले बगैर यहाँ से ज़ाएगा नहीं! *(बैठे रहते हैं) (दिनकर डरा हुआ)*

बाबूजी : आप क्या चाहते हैं उससे? वह तो कुछ भी नहीं जानती...जानेगी तो बर्दाश्त नहीं कर पाएगी...लेकिन मैं उसकी चिन्ता कर रहा हूँ। उसकी फिक्र कोई राह चलता क्यों करे? उसकी जरूरत नहीं।

काका : पहले अपनी जबान को लगाम दो! मैं कोई राह चलता नहीं हूँ। मैं उसका मामा हूँ।

बाबूजी : *(आश्चर्य से)* आप?

काका : हाँ, मैं ही! उसकी माँ के साथ बचपन में खूब खेला हूँ। भाई जैसा! लोग हमें जुड़वाँ भाई-बहन कहते थे। वह चल बसी और मैं उसके घर से दूर हो गया! लेकिन मुझे समाचार मिला...मेरी उस बहन की इकलौती बेटी की...

बाबूजी : मैं फिर से कहता हूँ—कुछ बुरा नहीं हुआ है। होगा भी नहीं। मैं जिम्मेदारी निभाने में सक्षम हूँ। आप जैसा महान, लोकप्रिय सन्त स्वयंसिद्ध तपस्वी भले ही नहीं हूँ लेकिन मुझे अपनी जिम्मेदारियों का अहसास है। आपकी भाँजी यहाँ सुरक्षित है। समझे?

काका : मुझे तुम्हारे शब्दों से सन्तोष होने वाला नहीं है। उसे बुलाओ। *(जिद कर बैठे हुए)*

बाबूजी : *(बेचैनी से)* ठीक है, लेकिन एक शर्त है—उसे अभी कुछ पता नहीं चलना चाहिए—

काका : ठीक है।

बाबूजी : वादा कीजिए—

काका : वादा करता हूँ। उसे देखने दो—

बाबूजी : दिनकर, बहूरानी को बुलावो—

(दिनकर मजबूरी में जाता है। बाहर आता है। पीछे-पीछे मंगला आती है—गर्दन झुकी हुई। बाहर से शिरी आता है और खड़ा रहता है।)

काका : बेटा, मंगला—आओ...बेटी! ओहो! वही चेहरा! वही प्रसन्न संस्कार! पहचाना मुझे! पहचानोगी भी कैसे? मैं काका बाक्रे। तुम्हारी माँ का...भाई...

(मंगला गर्दन उठा कर देखती है।)

तुम्हारी माँ और मैं बचपन में साथ-साथ खेलकर बड़े बने!

(मंगला के चेहरे पर बेचैनी!)

खूब खेले हैं। लुका छिपी, चोर-सिपाही! गुड़ियों के संग भी! गुड्डा-गुड्डी की शादी भी रचायी थी। फिर उसकी शादी हो गई और हम देशभक्ति की बाढ़ में बहते चले गए। कभी-कभार भेंट-मुलाकातें होती थीं। लेकिन वह बचपन का उन्मुक्त हँसना-खेलना तब कहाँ? सब कुछ सीमा में कैद! खामोश सम्वाद! औपचारिक! झूठे भी! फिर वह चल बसी! बेटी, तुम छोटी थी तब! जब उसे श्मशान ले जा रहे थे तब तुझे मैंने ही गोद में उठाया था। मैं तब संयोग से ही पहुँचा था। साबरमती जेल से छूटा था।

(मंगला भीतर ही दहल गयी है।) (खुद को सम्भालते हुए)—ऐसे होते हैं ऋणानुबन्ध! इतने सालों के बाद तुम्हें देखा तो खूब अच्छा लगा।

मंगला : बचपन में....मुझे याद है, आप मेरे साथ खेला करते थे!

काका : बेटी, याद है तुम्हें? कितनी जिद्दी और फुर्तीली थी तब तुम! मेरे आते ही जिद किया करती थी तुम, गोद में उठा लेने के लिए! नहीं लिया तो रोना शुरू! गाँव इकट्ठा होने तक रोना! गोद में उठाया तो सिर पर बिठाने की जिद! मेरे इस सिर पर दो ही लोग बैठे! एक तुम और दूसरे महात्मा गांधी। *(मंगला चुपके-आहिस्ता से भीतर जाने लगती है।)* कहाँ चली हो बेटा?

मंगला : चाय लाती हूँ।

काका : इसे संस्कार कहते हैं बाबूजी! क्या समझे? बेटा, मैं चाय नहीं लेता। कुछ बुरा नहीं है। लेकिन आदत से मजबूर! एक बार चाय पीना छोड़ दिया तो छोड़ ही दिया! गृहस्थाश्रम की तरह। क्यों बाबूजी? *(बाबूजी सिमटे हुए।)* बेटी, अब जो प्रश्न मैं पूछूँगा उनके उत्तर देना है। खुले मन से। दोगी?

बाबूजी : *(गुर्राते हुए)* काकासाहब...

काका : तुम चिन्ता मत करो! *(स्वर में स्नेह)* बेटी, तुम्हारी शादी होने के बाद पहुँचा हूँ—पूछताछ के लिए देर से ही सही, लेकिन तुम्हारी माँ का भाई हूँ इस नाते अपना कर्तव्य समझ कर पूछ रहा हूँ। तुम्हें अपना यह ससुराल पसन्द आया?

मंगला : *(संकोच, लज्जा से)* जी मामा जी।

काका : तुम्हारे ससुर कैसे हैं?

मंगला : वे अच्छे हैं। मेरा ध्यान रखते हैं।

काका : *(संयम बरतते हुए)* वह ठीक है लेकिन तुम्हें अपने ससुराल के प्रति गर्व महसूस होता है?

मंगला : यहाँ सभी स्नेहमयी हैं!

काका : यह मेरे प्रश्न का उत्तर नहीं हुआ। जो प्रश्न पूछा गया है उसका उत्तर देना चाहिए।

बाबूजी : *(दबे स्वर में)* काका साहब—

काका : तुम चुप रहो। मेरे ध्यान में है। *(मंगला से)* तुम्हें अपने ससुराल के प्रति अभिमान लगता है?

मंगला : *(कुछ तय कर)* मामा, हाँ, मुझे अपने ससुराल पर गर्व है।

काका : कुछ शिकायत? कमी? घुटन? मैं मामा पूछ रहा हूँ, निःसंकोच बताओ। तुमने ही कहा है कि ये लोग स्नेहमयी हैं। फिर डर काहे का? मन खोल दो।

मंगला : एक शिकायत है।

(सभी तनाव में।)

काका : क्या?

मंगला : मुझे कोई काम ही करने नहीं देता।

(सभी तनाव मुक्त!)

काका : करने देंगे। नई बहू हो न! धीरे-धीरे हो जाएगा। अपना बनाया जाएगा। *(विचार में)* लेकिन तुम मन से बोल रही हो न? अन्तिम बार पूछ रहा हूँ—बाद में पछतावा न लगे—

मंगला : *(सीमा पालन करते हुए लेकिन ठोस रूप में)* मामा, सचमुच मैं सुख में हूँ। आप तनिक भी चिन्ता मत कीजिए।

काका : *(उठते हुए)* अच्छा तो फिर मैं चलता हूँ। कुछ जरूरत पड़े तो जरूर बताना। मैं इसी गाँव में हूँ। मैं आऊँगा।

मंगला : मामा, कुछ भी न लेते हुए चले जाओगे?

काका : *(मुश्किल से)* हाँ, आऊँगा! जरूर! तब लूँगा! बाबूजी, चलता हूँ। *(दरवाजे की ओर चल देते हैं। मंगला प्रणाम करती है—पाँव छूकर।)*

मंगला : प्रणाम करती हूँ।

काका : खुश रहो! आयुष्मान भव। कर्तृत्ववती भव!
(चप्पल पहन कर, लाठी टेक-टेक कर चले जाते हैं।
मंगला गर्दन झुकाए भीतर चली जाती है। शिरी अत्यधिक बेचैन होता है।)

बाबूजी : *(उसाँस छोड़ते हुए)* निभ गया! दिन, मुझे लग रहा था अब भण्डाफोड़ हो जाएगा, तब हो जाएगा। लेकिन यह दौर तो हमने जीत लिया।

शिरी : *(चुप न रह सकने से)* एकदम झूठ!

दिनकर : अरे शिरी?

बाबूजी : गधे, क्या बक रहे हो?

शिरी : आप सभी अपने आप को धोखा दिए जा रहे हैं।

कमल : याने?

शिरी : याने वही! भाभी सब कुछ जानती हैं।

(सभी सकते में आ गए हैं)

दिनकर : ऐसा नहीं हो सकता।

कमल : कुछ भी बकता है।

शिरी : शादी के पहले ही भाभी सब कुछ जानती थी। शादी के लिए हम भाभी के गाँव गए थे। मैं घर के आँगन में चबूतरे पर बैठा था, अकेला। पढ़ाई करने की कोशिश कर रहा था! इतने में एक लड़की आयी। बोली—तुम ही शिरी हो न? तुम्हारी भाभी तुम्हें बुला रही हैं। मैं उसके पीछे चला गया। घर के पिछले दरवाजे से एक अँधेरे कमरे में। घर में चहल-पहल थी लेकिन उस कमरे में सन्नाटा था। घुप्प अँधेरा था। फिर भाभी की आवाज सुनायी दी—देवरजी, मैं जो कुछ पूछूँगी, सही-सही जवाब देंगे? मैंने कहा—हाँ दूँगा! भाभी ने पूछ लिया।

दिनकर : क्या?

शिरी : सब कुछ–वे हर बात जानती थी–तुम्हारी, कमल की, बाबूजी की...

कमल : तुमने क्या कहा?

शिरी : मैंने हाँ कह दिया। मैं झूठ नहीं बोल सकता। झूठ बोल-बोल कर मैं थक गया हूँ। झूठ से नफरत करने लगा हूँ।

(सभी सन्न!)

मैंने कहा, भाभी, आप मत आइए हमारे घर! मुझे खुद अपने घर से नफरत हो गई है। गुस्सा आता है। हमारा घर बदनाम है। बाबूजी लोगों को फँसाते हैं। भैया काम-धन्धा नहीं करते हैं। आवारा दोस्तों के साथ जी रहे हैं। कमल किस-किस के साथ घूमती है। भाग जाती है। हमारा घर बुरा है। आप मत आइए। तब भाभी ने कहा–सभी मुझसे यही कहते हैं। पिताजी ने तो मुझे धर्मसंकट में डाल दिया है। लेकिन देवरजी, मैं यह शादी जरूर करूँगी। मैं देखना चाहती हूँ कि क्या होगा। मैं एक जिद्दी लड़की हूँ–बेहद जिद्दी–*(विस्फोटक खामोशी)*

बाबूजी : *(अत्यधिक बेचैनी में)* शंभो कैलाशनाथ!

(आहिस्ता-से बैठ जाते हैं।)

(पर्दा गिरता है।)

अंक दो

(स्थल-वही। बाबाजी और बुवाजी की तसवीरों की रचना बदल दी गयी है। बीच में दीवार पर 'रामपंचायतन' शान से आकर बैठ गए हैं। एक 'बाबा' गायब हैं। बाबूजी और यमुनाजी का पति-पत्नी के 'पोज' में खींचा फोटो टँगा है। बालक का कैलेण्डर भी है। धर्मादाय बक्से की जगह बदल दी गयी है। चुन्नट वाली धोती टँगी है।)

(एक ओर कमल अपने बक्से में से कुछ निकाल-रख रही है। एक ही पंक्ति गुनगुना रही है। बगलवाले कमरे का दरवाजा खुला है।)

पोस्टमैन आता है और 'दिनकर कृष्णाजी कुलकर्णी' नाम पुकारता है। बगलवाले कमरे में से दिनकर आता है। पोस्टमैन के दिए हुए दो पत्र खोलते-खोलते कमरे की ओर बढ़ता है।

बाबूजी : *(भीतर से सिर्फ आवाज)* अरी कमल, मेरी धोती कहाँ है? साला एक वस्तु जगह पर नहीं मिलती! यह घर है या रेल का 'लॉस्ट प्रॉपर्टी ऑफिस' है, यही समझ में नहीं आता। अरी कमल...

(कमल मजबूरी से सामान बक्से में ठूँसते हुए धोती लेने उठती है और भीतर से मंगला आती है, साड़ी में। छः गज साड़ी में)

कमल : पूरा हफ़्ता हो गया। बाबूजी का दिमाग पगला गया है!

मंगला : ऐसे कहना नहीं चाहिए।

कमल : देखो न भाभी! कैसे गुर्रा रहे हैं! और सभी चीजें अपनी-अपनी जगह पर ही मिलती हैं। आपके कारण घर कितना सुव्यवस्थित

हो गया है और बाबूजी बिगड़ गए हैं।

मंगला : *(धोती देते हुए)* जाइए, आप ही दीजिए। मैं जाऊँगी तो और भड़क उठेंगे। और हाँ, दोपहर में सासू माँ को महाभारत पढ़ कर सुनाना ही है! आज टालना नहीं—

कमल : उफ् भाभी कितना उबाऊ होता है वह महाभारत पढ़ना! उससे तो उपन्यास अच्छे लगते हैं। वह 'बक्से का रहस्य' या 'प्रणय की एक बात'...

मंगला : लेकिन ये पुस्तकें सासू माँ को अच्छी कैसे लगेंगी? और मैंने थोड़े ही कहा है कि उपन्यास मत पढ़िए! लेकिन सासू माँ के लिए...

कमल : हाँ बाबा, पढूँगी! खुश? बहुत जिद्‌दी हैं भाभी आप...

मंगला : ननद जी...

कमल : मामूली जिद्‌दी नहीं है आप। किसी के दिलो-दिमाग पर हावी होकर अपनी जिद मनवाओगी भाभी आप।

(धोती लेकर भीतर जाती है। बगलवाले कमरे से दिनकर आता है। हाथ में खोले हुए पत्र हैं)

दिनकर : सुनो तो! कॉल आया है एम्प्लॉयमेण्ट एक्सचेंज से! अभी-अभी आया है। देखो न...

मंगला : अच्छा? *(कागज लेकर पढ़ती है और लौटाते हुए)* अब जल्दी से तैयार हो जाइए। दाढ़ी बनाइए। समय पर इस पते पर पहुँच जाइए। और हाँ, वहाँ किसी पर गुस्सा मत होना। उपेक्षा की, नीचा दिखाया तब भी नहीं...। ठीक-ठीक सभी प्रश्नों के उत्तर देना... ऐसी नौकरियों पर पानी छोड़ कर कैसे निभेगा? विनम्रता से पेश आना है। जो काम मिलेगा, वह करना है और अधिक अच्छे की तलाश करनी है—ठीक है न?

दिनकर : यस् मैडम! एकदम कबूल! लेकिन क्या करूँ? जब कोई मुझे नीचा दिखाता है तो मेरा दिमाग...बौखला जाता है। परसों वहाँ गया था। तुम्हारे मामाजी की दी हुई चिट्‌ठी लेकर...रेशम के खद्दर का कुर्ता पहने हुए चार पहलवान बीड़ियाँ फूँकते बैठे थे...चिट्ठी पढ़ कर ऐसे बोलने लगे जैसे कि मैं कोई कीड़ा-मकोड़ा हूँ। बोले—हमारे बूटों की पॉलिश करनी पड़ेगी! मैं? इनके जूते

चमकाऊँ?

मंगला : हाँ, मैं जानती हूँ—एक आदमी का सिर खूब गर्म है। बड़ा अभिमानी है आदमी।

दिनकर : तो इसमें गलत है क्या? अभिमानी नहीं होना चाहिए?

मंगला : होना चाहिए। लेकिन सबसे पहले स्वयं अपनी इज्जत करनी चाहिए। अभिमान स्वावलम्बी होने में होता है।

दिनकर : हाँ री! गलत ही हुआ वह।

मंगला : गलत नहीं हुआ। भटक गया। अरे हाँ, वह दूसरा लिफाफा? क्या है उसमें?

दिनकर : यह? वह सोनटक्के परिवार के लोग... कमली को देख गए थे न...

मंगला : *(उत्सुकता से)* क्या लिखा है उन्होंने?

दिनकर : क्या लिखते? नकार! और क्या! *(मंगला आह भरती है।)* हमारे पिताश्री भ्रम में हैं न कि बैंक बैलेन्स के कारण लड़की आराम से ब्याही जाएगी? लेकिन सच्चाई यह है कि पैसों से सब कुछ खरीदा नहीं जाता। *(शरम से)* मैं जानता हूँ कि मैं तुम्हारी ही बातें तुम्हें सुना रहा हूँ। सच, तुम्हारी बातें कितनी सही हैं। हाँ, देखो आज मैं अपने दिमाग को पटरी से उतरने नहीं दूँगा। सिर एकदम ठण्डा रखूँगा इण्टरव्यू में!

मंगला : सिर भड़केगा तो मुझे याद करना!

दिनकर : इण्टरव्यू में? अरी! तुम्हें याद करूँगा तो...

मंगला : चलिए हटिए! कुछ भी... *(लज्जा)*

(बाबूजी भीतर से झाँकते हैं, फिर पीछे हो जाते हैं)

बाबूजी : *(चिल्लाते हुए)* ले कमली! गधी कहीं की। इस आश्रम में ऐसी-वैसी बातें मत करो—कितनी बार कहा है! अरे यह आश्रम है या सिनेमा थिएटर? यहाँ तो अब हमारा आना भी जैसे चोरी हो गया है... *(मंगला और दिनकर एक-दूसरे से दूर हो जाते हैं। एक-दूसरे को इशारा कर मंगला भीतर चली जाती है। दिनकर वहीं खड़ा है। बाबूजी गुस्से में स्तोत्र बुदबुदाते हैं, धोती ठीक करते हैं)*

बाबूजी : *(स्तोत्र बुदबुदाते)* साला पूरे घर में गड़बड़ है! परिवार का मुखिया नाम की कोई चीज रही ही नहीं, मुखिया की हैसियत सिर्फ राशन

कार्ड तक रह गयी है। बाकी सबकी मनमानी...अनुशासन नाम की कोई चीज ही नहीं है।

दिनकर : बाबूजी, पत्र है।

बाबूजी : पत्र? किसका?

दिनकर : मंगलवार के दिन वे सोनटक्के कमली को देख कर गए थे न? *(बाबूजी स्तोत्र रोक कर अपेक्षा से देखते हैं)* नकार आया है। कारण लिखा है—आपके परिवार के बारे में समाज में, बिरादरी में अच्छी राय नहीं है। आगे लिखा है—कुछ गलत कहा हो तो क्षमा करना...

बाबूजी : *(उफन कर)* साले, किसने कहा था तुझे, मेरे नाम आया हुआ पत्र खोल कर पढ़ने के लिए? मेरा पत्र किसकी इजाजत से खोला तूने, ये आजकल के छोकरे...तू...

दिनकर : किसी से कुछ इजाजत लेने की क्या बात है बाबूजी? लिफाफे पर सोनटक्के का पता लिखा है। मैं जानता था, जरूर कमली के बारे में ही होगा...

बाबूजी : तो क्या हुआ? तुम्हारा विवाह क्या हुआ कि तुम तो ऐसा बर्ताव करने लगे हो जैसे तुम्हारा राज्याभिषेक हो गया है! खबरदार, मेरी डाक को किसी ने छुआ तो! अब खड़े क्या हो यहाँ बुत बनकर? जाओ, अपने कमरे में। जो कुछ सिनेमा बनाना है जिन्दगी का उधर करो...

(दिनकर पत्र वहीं फेंक कर भीतर चला जाता है) (पत्र खोल कर पढ़ता है।) सोनटक्के नहीं बारटक्के आएगा! यह बाबूजी किसी कच्चे गुरु का चेला नहीं है! अपनी बेटी के लिए एक नहीं दस लड़के लाऊँगा! है उतनी हिम्मत मुझमें! हं! सोनटक्के! लड़का क्या करता है तो बोले, म्युनिसिपालटी के ड्रेनेज विभाग में नौकरी! हं! नाम सोनटक्के! और हाथ में ड्रेनेज का ढक्कन! *(अन्तर्मुख होते हुए)* अब किसी लड़के को तनिक होशियारी से पकड़ना होगा। झट् से...चट मंगनी पट शादी करनी होगी। सोनटक्के को इतना समय दिया सोचने को, यही गलती हुई। *(दीवार पर टंगी तसवीरों की ओर ध्यान जाते ही चिल्लाते हैं)* ये-ये गधो...ये कमली...अभी-के-अभी बाहर आओ! कहाँ हो? अरे शिरी...ये कमली...

कमल : क्या हुआ बाबूजी अब?

बाबूजी : क्या हुआ? अब क्या होना रहा है?

कमल : आप क्या देवपूजा करना चाहते हैं? लेकिन आज तो आप ने ऐसा कुछ कहा नहीं! और अब तो भाभी हर रोज पूजा करती हैं।

बाबूजी : अब मेरी ही अन्तिम पूजा करो।

कमल : ऐसा कौन-सा पहाड़ टूटा है?

बाबूजी : *(तसवीरें दिखाते हुए)* ये...ये सब क्या है? किसने यह सब बदल दिया?

कमल : भाभी ने...

बाबूजी : इधर के चिंधड़े बुवा कहाँ हैं? और वे टोपलेगावकर बुवा उधर क्यों खिसक गए? और ये राम पंचायतन? वे यहाँ बीचों बीच क्यों? और यह ऐरा-गैरा कौन है? किसकी तसवीर है?

कमल : बाबूजी! वह आप ही की तसवीर है... माँ के साथ वे आप ही हैं उस तसवीर में...

बाबूजी : क्यों? हमारी शादी की जुबिली है क्या? यह तसवीर यहाँ क्यों?

कमल : बाबूजी, क्या हुआ? खराब थोड़े ही दिखती है? बल्कि अच्छा ही है—नंग-धड़ंग, बड़ी तोंदवाले चिंधड़े बुवा लगते हैं आप तो...

बाबूजी : हाँ, ज्यादा नाम रखने की जरूरत नहीं तुम्हें! उसी पर तो पेट पाल रहा हूँ सबका!

कमल : ठीक है बाबूजी! माना कि उनकी बड़ी-सी तोंद निकल आयी है लेकिन नंगी क्यों?

बाबूजी : जरा लगाम दो मुँह को! और वह तसवीर यहाँ टाँग दो पहले! साला, सारा चौपट कर रखा है तुम लोगों ने...

कमल : ओ हो बाबूजी—बल्कि अब कहीं घर, घर के जैसे ल...ग...

बाबूजी : चुप! सबके सब नमकहराम बन गए हैं—

(भीतर से यमुना जी आती हैं।)

यमुना : भला ऐसा क्यों कह रहे हैं आप!

बाबूजी : आप भी यही कहिए! पहले यहाँ चिंधड़े बुवा टँग जाने चाहिए। अरे आजकल का यह एकदम चालू बाबा है! आप समझती क्यों नहीं? और उसे ही यहाँ से हटा दिया। कहाँ धोएँगे ये पाप आप लोग? और-और वह धर्मदाय बक्सा? कहाँ गया? अरे यह सब क्या चल रहा है?

यमुना : अजी, वह क्या वह उधर है। वहाँ रखा बक्सा तो कौन-सी आफत आयी?

बाबूजी : आफत? सारा मजा किरकिरा हो गया है। घर बेरंग हुआ है।

यमुना : एक बक्सा इधर का उधर रखा गया तो इससे घर बेरंग कैसे हुआ?

बाबूजी : यह आप पूछ रही हैं? आप मेरी धर्मपत्नी हैं या विरोधी पक्ष? पिछले सत्ताईस वर्षों में ऐसी बात करना आप को कभी आया नहीं! और अब? *(कुछ याद आने से)* और-और, वे मेरे अति महत्व के दस्तावेज?

कमल : बाबूजी, है तो सब कुछ ठीक-ठीक।

बाबूजी : लेकिन फैल कैसे गए? किसने फैलाए?

कमल : कहाँ फैले हैं? बल्कि मैंने करीने से लगा दिए हैं। भाभी के कहने पर मैंने...

बाबूजी : ठीक किए! और मैं क्या गधा था उन्हें वैसे ही रखनेवाला? *(यमुना से)* अब देखना! साला मेरा एक कागज ठीक से मिलेगा नहीं।...गीत रामायण! *(कमल होंठ काटती है)* मेरे दस्तावेजों में गीत रामायण क्यों? ऐ कमली...

कमल : बाबूजी, भाभी से जरा यह धुन जान-समझ रही थी...गलती से वहीं छूट गया...

बाबूजी : जरा अपनी धुन समझ लो! फिर रामायण की धुन का सोचो! वह मेरा चिंधड़े बाबा पहले टाँग दो उधर! *(सभी खामोश)* ऐ कमली, मैं क्या कह रहा हूँ? *(वह जल्दी में रसोईघर में जाती है।) (यमुना से)* और आप, पहले वह हमारी तसवीर उतार कर भीतर ले जाइए।

यमुना : अजी, बहू ने कबाड़खाने से निकाल कर, पोंछ कर...

बाबूजी : समझ गए! हमारी तसवीर टाँगने के लिए हम मर-खप नहीं गए हैं। कल हमारे बुत खड़े करोगे।

यमुना : लेकिन मैंने क्या किया है? आप यह जो अनाप-शनाप कहे जा रहे हैं।

बाबूजी : वो...मदनबाण गण्डों का स्टाक खत्म हो गया है। सुख संचारक यन्त्र चाहिए। चिरयौवन बड़ियों के आर्डर आए हैं। कितनी बार

कह चुका हूँ लेकिन किसी के कानों पर जूँ रेंगेगी तब न...सभी सफाई और संस्कृति की देखभाल में जुटे हैं। घर में रामायण और महाभारत हो रहे हैं।

यमुना : कभी नहीं तो इन दिनों...

बाबूजी : अर्जियाँ भेज रहे हैं...

दिनकर : तो इसमें गलत क्या है?

बाबूजी : और वह शिरी *(शिरी बाहर से आया है और रुका है)* महात्मा गाँधी का चरित्र पढ़ रहा है।

शिरी : बाबूजी, पढ़कर हुआ भी! अब बुद्धकथाएँ लाया हूँ। भाभी ने कहा है पढ़ने के लिए...

बाबूजी : देखा-देखिए-

शिरी : आपने भी तो रखी है बुद्ध की मूर्ति...

बाबूजी : हाँ, कागजों पर वजन रखने के लिए! साले, मैं उसे सिर पर नहीं बिठाता! *(नजर पड़ते ही! उफ्!)* *(उफनकर)* गया–वह भी गया। अब हो गई छुट्टी–

कमल : कौन गया?

बाबूजी : मेरा बुद्ध! बुद्ध गया! कहाँ है मेरा बुद्ध? *(यमुना से)* कहाँ है? क्या करेंगी आप आगे? मेरा बुद्ध? *(भीतर से मंगला आती है। हाथ में चिंधड़े बाबा की तसवीर!)* *(क्षीण आवाज)* पहले यह बताओ कि मेरा बुद्ध उसके कमरे में क्यों? जवाब दो...

मंगला : लाती हूँ। *(कमरे में जाती है।)*

बाबूजी : *(यमुना से)* यमुना? कान खोल कर सुन लीजिए–मेरे आश्रम की सारी वस्तुएँ मेरे आश्रम में ही रहनी चाहिए। कोई उन्हें हाथ लगाए यह मुझसे बर्दाश्त नहीं होगा!

यमुना : लेकिन आप यूँ ही मुझे...

(मंगला बुद्ध की मूर्ति लाकर जहाँ थी, वहाँ रखती है।)

कमल : और बाबूजी–वे रामपंचायतन...आप उन्हें वहाँ नहीं चाहते थे न...और आप दोनों का वह फोटो...वह भी नहीं चाहिए न? नहीं... मैं याद भर दिला रही हूँ...वरना बाद में फिर चिल्लाना शुरू करेंगे...इसीलिए याद...

बाबूजी : पहले इस बात का जवाब दो कि वह फोटो वहाँ टँगा ही क्यों?

कमल : भाभी, बाबूजी आप से...

मंगला : मुझे अच्छा लगा...सब सामान ठीक रख रही थी—उसमें कुछ पुरानी तसवीरें दिखीं! वह फोटो मिला...युवावस्था में लोग कितने अलग दिखते हैं। है न ननद जी?

कमल : और क्या!

बाबूजी : हमारी इजाजत के बगैर हमारी तसवीरें टाँग रहे हो—क्या हम गुजर चुके हैं?

मंगला : किसने कहा ननदजी कि जो गुजर चुके हैं उन्हीं की तसवीरें टाँगी जाती हैं?

बाबूजी : चिंधड़ेबाबा जहाँ थे, वहीं टाँगे जाने चाहिए। *(मंगला राम पंचायतन की तसवीर उतारकर चिंधड़ेबाबा को टाँग देती है।)*

बाबूजी : आप लोग क्या जानो उनका पुण्य प्रताप! दिनूजी, महापुरुष हैं वे। पिछले साल हजार रुपयों का दान दे गया हमारे उस बक्से में। कुछ तो उपकार याद रखिए उनके।

(मंगला बाबूजी-यमुनाजी का फोटो उतारती है यमुनाजी आँखें पोंछती हैं।)

कमल : बाबूजी, रहने दीजिए न आपका और माँ का फोटो। उससे क्या गजब होनेवाला है भला?

बाबूजी : क्या होनेवाला है, यह तो बाद में बताऊँगा। पहले उसे उतार दो। सब कुछ पहले जैसा कर दो। *(मंगला बालक के कैलेण्डर की ओर बढ़ती है और बड़ी कोमलता से उतारने लगती है...)*

दिनकर : बाबूजी, उस बालक ने क्या बिगाड़ा है आपका? रहने दो उसे वहाँ।

बाबूजी : *(गुस्से से)* नहीं। सब कुछ पहले जैसा चाहिए। कल शादी क्या हुई कि आज सयाने बने! मगरूर कहीं के! अर्जियाँ भेजते हैं।

दिनकर : बाबूजी...

बाबूजी : राम मन्दिर जाते हैं हर रोज...

दिनकर : बाबूजी, वहाँ बैठने से अच्छा लगता है...

बाबूजी : हाँ, लगेगा ही! इसके पहले नहीं सूझा यह सब? घर में साला... *(मंगला को देख कर जबान सम्भालते हैं)*

यमुना : क्या कहा? घर में क्या?

बाबूजी : कुछ नहीं। सुबह-शाम रामधुन होने लगी तो समझो कि...हो गया!

दिनकर : बाबूजी! आप नहीं हर शनिवार उन फालतू लोगों को बुलाकर भयावह आवाज में भजन चीखते हैं—

बाबूजी : क्या कहा? भजन चीखता हूँ? फिर से कह तो दे! आश्रम के साप्ताहिक भजन-गायन को तुम चीखना कहते हो? पक्का घमण्ड है यह घमण्ड। बदूतमीजी। इसी कार्यक्रम से बक्से में कितने रुपए जमा हो गए थे पता है? इसके अलावा भक्ति मार्ग पर चलनेवाले कई 'भक्तिमार्गियों' से नई पहचान हो गयी। वे परिचय बाद में काम आए। उस अकाउण्टेण्ट पडबिद्री को काटकर पता है *(मंगला का होना याद आते ही गड़बड़ाते हैं)* जाने दो, तुम नहीं समझोगे? यह बताओ कि तुम सब यहाँ क्या रहे हो? कुछ काम नहीं है क्या? यहाँ क्या नाच-गाना चल रहा है? या इन्दिरा गांधी का भाषण? चलो, चले जाओ सब-के-सब! यह आश्रम है समझे? साला वह एक बड़ी पार्टी आनेवाली है...

(मंगला, यमुना जी, शिरी रसोईघर में जाते हैं। दिनकर कमरे में चला जाता है। कमल वहीं पर जाए न जाए की स्थिति में...)

बाबूजी : कमल, गए न सभी? *(देखकर 'सभी गए हैं' का विश्वास होते ही)* मैं बाहर गया था तब कोई आया था क्या यहाँ मेरे पास? कुछ सन्देश या कुछ चन्दा?

कमल : चन्दा? नहीं तो!

बाबूजी : ऐ लड़की! ऐसा कैसे हो सकता है? वह आया था मैंने वही...

कमल : हाँ बाबूजी! इम्पोर्ट या किसी लाइसेन्स के लिए आता है वही न? वह आया तो था। आपने जो कहा था मैंने वही...

बाबूजी : फिर?

कमल : लेकिन उसने पैसे नहीं दिए...

बाबूजी : नहीं दिए? ऐसा नहीं हो सकता!

कमल : उसका यह हुआ बाबूजी...आपने जो कहा था, मैंने वही उससे

कह दिला लेकिन उसी वक्त एक गड़बड़ हुई!

बाबूजी : गड़बड़ कैसी?

कमल : उसी वक्त भाभी किसी काम से यहाँ आ गयी। वह पूछ रहा था कुलकर्णी साब दिल्ली से कब लौट आएँगे? भाभी को आश्चर्य लगा। मैंने कहा—चार दिन बाद आएँगे, लेकिन भाभी से रहा नहीं गया। वे बोलीं—ससुरजी तो यहीं हैं। तब भी मैंने कहा—नहीं वे दिल्ली गए हुए हैं। लेकिन भाभी ने कह दिया—वे अभी स्नान करने आएँगे।

बाबूजी : उफ्! यह तो सरासर घाटा हुआ।

कमल : मैंने स्थिति सँभालने की पूरी कोशिश की लेकिन उसके मन में संशय उभरा ही। वह पैसे देने से कतराने लगा। बोला—चार दिन बाद दूँगा। आने दो साहब को। दिल्ली से लौटेंगे स्नान के लिए तब दूँगा।

बाबूजी : खत्म! सब खत्म! सब गुड़गोबर एक हुआ। चार दिन बाद याने अब वह आने से रहा! आती हुई लक्ष्मी लौट गयी। लाख कोशिशें करो और उस पर ऐसा पानी फिरे! ऐसा फालतूपन करने को किसने कहा था?

कमल : बाबूजी मैंने क्या किया?

बाबूजी : वही—तुम्हारी भाभी को...

कमल : लेकिन बाबूजी, उनकी भी क्या गलती है? वे कुछ भी जानती नहीं हैं।

बाबूजी : दूसरों की बातों में नाक घुसेड़ने की जरूरत क्या थी उसे? ये संस्कार उस मास्टर के घर के? अपनी बेटी को उसने ऐसा सिखाया?

कमल : ओहो बाबूजी! भाभी तो सिर्फ सच कहती गयीं...

बाबूजी : और उस सच ने मेरे ढाई सौ रुपए गँवाए! और आगे हजार मिलनेवाले थे, वे भी गए! यहाँ तो पैसे पेड़ पर उगते हैं न? गँवाओ—फेंको—कहाँ से बेटे की शादी कर दी!

कमल : लेकिन बाबूजी, भाभी बुरी नहीं हैं।

बाबूजी : चुप रहो! यह मुझे समझाने की जरूरत नहीं है! गया एक तीर चलाने लेकिन हुआ उल्टा ही। कल की छोकरी यह। दो दिन

नहीं हुए इस घर में आए हुए! लेकिन उड़ान तो देखो उसकी...

कमल : लेकिन बाबूजी...

बाबूजी : चिंधड़ेबुबा रद्दी में...

कमल : रद्दी में नहीं। रसोईघर में रखी थी वह तसवीर।

बाबूजी : वही तो। मेरा बुद्ध दिनू के कमरे में! दस्तावेज बिखरे हुए...

कमल : लेकिन बाबूजी...वे तो मैंने...

बाबूजी : वही तो! लेकिन क्यों? उसे क्या करना है मेरी इन लफड़ेबाजियों से? मैं वे कागज चाहे जैसे रखूँ या आग में झोंक दूँ। उसे किसने कहा ये सब करने को? मेरी धोती वहाँ से लापता...

कमल : अच्छी खासी तो रखी थी...

बाबूजी : क्यों? हमारे हाथ नहीं हैं? कोट इस्त्री कर, बटन टाँक कर अलमारी में...अरे उन टूटे बटनों में ही अर्थ था...वैसा कोट पहनने पर मैं विनम्र और पगला-सा दिखा करता था! अब वह साफ-सुथरा इस्त्रीवाला कोट पहन कर क्या गवर्नर से मिलने जाऊँ या फोटो खिंचवाऊँ? और वह वह हम दोनों की तस्वीर...

कमल : हाँ बाबूजी, वह रहती यहाँ तो क्या बिगड़ता आपका? भाभी ने उसे साफ करने में कितनी मेहनत...

बाबूजी : क्या बिगड़ता? अरी कमली, वह तस्वीर यहाँ रहती तो मैं यह कैसे कह सकता किसी से कि मैं आजन्म ब्रह्मचर्य का पालन करता हूँ...

कमल : *(अजीब-सा मुस्कुराते हुए)* बाबूजी...ब्रह्मचर्य पालन!

बाबूजी : इसमें हँसने जैसा क्या है? यह बताना भी आसान नहीं है। गृहस्थ भक्तों पर काफी प्रभाव पड़ता है। इसकी और रामपंचायतन की तस्वीर बीच में लगा कर क्या फायदा? कोई राम भगत दस पैसे भी डालता क्या बक्से में? कमली, ये सब मैं बर्दाश्त नहीं करूँगा हाँ। कहे देता हूँ...

कमल : लेकिन बाबूजी, आप मुझसे क्यों कह रहे हैं?

बाबूजी : कह दो अपनी भाभी से...

कमल : आप ही कह दीजिए न *(पुकारती है)* भाभी, भाभी जी...

बाबूजी : *(नाराजगी से)* ऐ कमली, उसे...उसे क्यों बुला रही हो? *(मंगला आती है।)*

मंगला : *(राह देख कर)* मुझे पुकारा?

कमल : हाँ बाबूजी ने...

बाबूजी : मैंने? मैंने कब? इसी ने पुकारा...

कमल : लेकिन आप भाभी से कुछ कहना चाहते हैं न...

बाबूजी : मैं? मैं क्या कहना चाहता था—ठीक है?

मंगला : बाबूजी, मुझसे कुछ गलती हुई तो बताते रहिए...

कमल : देखिए! आप यूँ ही हम सबको...

बाबूजी : मैं? मैं आप लोगों से?...शरम नहीं आती यह कहते हुए? यहाँ की रीत निभानी होगी। *(दीवार पर की घड़ी देखते हुए)* साढ़े नौ? ओ हो कमली। तुम लोग खड़े क्यों हो? काम में लग जाइए! इसे क्या घर का अनुशासन कहेंगे? चलो-चलो...

(मंगला भीतर जाती है। कमल भी उसके पीछे जाने लगती है।)

कमल, तुम रुको जरा *(कमल रुकती है)* इधर आओ! एक आदमी आनेवाला है। अब ज्यादा कुछ पूछताछ न करते हुए भीतर जाओ और मेरा मैला खद्दर का सैट लाओ। या तुम्हारी भाभी ने उसे भी इस्त्री कर दिया?

कमल : मुझे नहीं लगता...

बाबूजी : मैंने छिपा कर रखा था तेरी माँ की साड़ी की तह में! फिर भी तुम्हारी भाभी का कोई भरोसा नहीं—

कमल : लेकिन बाबूजी, कौन आनेवाला है?

बाबूजी : आनेवाला है मेरा भाग्य! कितनी बार कहा है कि कुछ पूछो मत! कहते-कहते मेरे बाल पक गए...

कमल : *(मुँह बना कर)* ठीक है, नहीं पूछती...

बाबूजी : वह एक लम्बा किस्सा है।

(दिनकर कमरे से आईना और डिब्बा लेकर आता है। खिड़की में रख कर रसोईघर में जाता है।) *(उसके जाने के बाद)* बड़ा आदमी है...ऐसा आदमी कभी नहीं आया था! आएगा भी नहीं! एकदम स्पेशल है स्पेशल! देखो, अब कैसे आएगा नोटों की माला लहराते हुए...! वह तुम्हारी भाभी, हमारी बहू तो नहीं है न कहीं आस-पास?

कमल : नहीं हैं। आप इतने डरते हैं भाभी से?

बाबूजी : डरता हूँ? क्या कहा तुमने? मैं और उस आजकल की लड़की से डरूँगा? उस पागल बच्चे की बीबी से डरूँगा? तूने क्या समझ रखा है मुझे? अरी बच्ची, तू क्या कोई भी सोच तक नहीं सकता ऐसे अफलातून धन्धे कर निभा भी दिए हैं मैंने...तेरे इस बाप ने! मैंने ही रचे थे बारूद के अम्बार! और उन पर मैं ही सोया करता था घोड़े बेच कर! समझी मेरी नादान बच्ची तुम? मेरा एक पैर जेल में हुआ करता था और दूसरा घर में! तुम बुत बन कर क्या खड़ी हो? जाओ, वह मेरा खद्दर का मैला सैट ले आओ। देखो तो जरा घड़ी में कितने बजे हैं? जा, जल्दी जा, वो साला अभी आता ही होगा...

कमल : *(जाते-जाते)*, बाबूजी, कौन आनेवाला है?

बाबूजी : टोका ही!

कमल : हाँ बाबा, गलती हो गयी...

बाबूजी : गलती? अरी, बड़ा धन्धेवाला है वह! कालेधन्धे के मामले में दिल्ली के अर्थ मन्त्रालय ने पक्का पकड़ लिया है उसे! चारों खाने चित्त। चार दिन हो गए हैं। छूटने का कोई चान्स नहीं। बेचारा...आखिर मेरी शरण आया...

कमल : बाबूजी, आपकी शरण में?

बाबूजी : हाँ, और क्या? तुमने मुझे समझा ही कितना है? तुम्हारा यह बाप कोई मामूली आदमी नहीं है! जा, पहले वह मेरा खद्दर का सैट लाओ...अब एक-एक पल बड़ा कीमती है...

(कमल भीतर जाती है! बाबूजी कुछ पलों के लिए अपने में खोए हुए–हिसाब जोड़ते हुए! गर्दन और उँगलियों की हलचल से हिसाब जोड़ना दिखा देते हैं। थोड़ी चहल-कदमी करते हैं। हमेशा से अलग चहल-कदमी फिर एक स्नेहिल मुस्कान...ऐसे ही मुद्राभिनय...! कमल मैले कपड़ों का सैट लाती है–खद्दर की टोपी, पंचा, बनियान भी है)

कमल : यही न?

बाबूजी : *(चौंक कर)* अं? *(फिर सँभल कर)* हाँ, हाँ, यही! ला, जल्दी दे! हाँ, वह दरवाजा बन्द कर! छोड़ो! मैं ही भीतर जाता हूँ। तुम यहीं रुको! कोई आएगा तो...यह मैं गया और आया!

(कपड़े लेकर भीतर चले जाते हैं। कमल वहीं पर खड़ी रहती है। भीतर से दिनकर पानी से भरा प्लॉस्टिक का बर्तन ले आता है। खिड़की में रखता है)

दिनकर : बाबूजी कहाँ गए?

कमल : कौन?

दिनकर : अरे, अपने, तुम्हारे-मेरे पिताश्री?

कमल : तुम्हारे कमरे में...

दिनकर : किसलिए?

कमल : कपड़े बदलने...

दिनकर : ओहो! तो अब कपड़े बदलने के लिए उन्हें बन्द कमरे की जरूरत लगने लगी! *(दाढ़ी बनाने लगता है!)* मुझे नया कॉल आया है। इण्टरव्यू का! सुबह साढ़े ग्यारह बजे...

कमल : इसीलिए अपने बाबूजी के बारे में ऐसे कह रहे हो?

दिनकर : ऐसा बोलने के लिए कॉल आने की क्या जरूरत? कमली, सच कहूँ। अब पिताजी से डर ही नहीं लगता!

कमल : भाभी के आने से। है न?

दिनकर : हाँ, कुछ कुछ ऐसा ही समझो। मंगला के आने के बाद बाबूजी सिर्फ गुस्सा करने के अलावा और कुछ कर ही नहीं पाए हैं। बचपन में याद है न? उनकी सिर्फ याद से चड्डी गीली हुआ करती थी! पसीना आता था! अब तो हँसी आती है! बेचारे बाबूजी...

कमल : बेचारे? बेचारे कहने के लिए क्या वे ऐसे-वैसे हैं?

दिनकर : तो फिर कैसे हैं?

कमल : अरे भैया, वे बहुत बड़े हैं। कोई कल्पना तक नहीं कर सकता। ऐसा एक-एक काम किया है उन्होंने अकेले! और इतना सब करने पर भी चैन से सो भी सकते थे वे!

दिनकर : फिर अभी उनकी नींद क्यों उचट गयी है?

(भीतर से मंगला शिरी को लेकर आती है!)

मंगला : देवर जी बैठिए इधर, और पढ़िए!

दिनकर : क्या हुआ?

मंगला : रसोईघर में आकर पढ़ते बैठे हैं। पूछा, तो कहने लगे यहीं ठीक रहेगा! अब बताइए, रसोईघर में इनका क्या काम? देवर जी,

यहीं बैठ कर पढ़िए!

कमल : लेकिन भाभी...

मंगला : ननद जी, उन्हें तंग मत कीजिए। पढ़ना चाहते हैं तो पढ़ने दीजिए न! वरना फिर आएँगे रसोईघर में...

कमल : लेकिन...

मंगला : *(दिनकर से)* जल्दी निपटाइए ये सब! वरना मुझे और सासू माँ को बेकार में परेशान करेंगे! *(भीतर चली जाती है।)*

(कुर्सी पर बैठ शिरी बुद्धकथा पढ़ने लगता है। पीछे खिड़की के पास दिनकर दाढ़ी बनाने में व्यस्त है। कमल खड़ी है। भीतर से मैले खद्दर के कपड़े पहने हुए बाबूजी आते हैं।)

कमल : *(सहसा)* बाबूजी!

बाबूजी : *(खुद पर ही रीझ कर)* बेटा, कैसा जँच रहा हूँ मैं?

कमल : बाबूजी, आपने टोपी उल्टी पहन रखी है।

बाबूजी : पहनी है न? जान-बूझ कर पहनी है वैसी! तुम नहीं समझोगी! टोपी दूसरों को सीधी पहनाओ पर उसके पहले खुद उल्टी पहनो। इससे सामनेवाला धोखे में रहता है और अपनी चतुराई पर परदा गिरा रहता है। जाने दो, तुम नहीं समझोगी इसे! उफ्! यह पंचा इतना साफ क्यों है? हूँ! तुम्हारी भाभी की मेहरबानी से! समझ में नहीं आता, उसको किसने कहा है मेरा पंचा इतना साफ धोने के लिए? अब रहने दो! साला, छुप जाएगी इसकी सफाई भी!

कमल : बाबूजी! पता है आपको पहचानना ही मुश्किल हो गया है! कितने अजीब से लग रहे हैं आप!

बाबूजी : तो मिलाओ हाथ इस बात पर, पर रहने दो। जाओ, भीतर जाओ! और यह क्या? *(शिरी को देखते हुए) (गुस्से से) ओहो!* ओहो! हमारे सुपुत्र यहाँ क्या कर रहे हैं?

शिरी : *(किताब में नजर)* वह क्या! भैया भी इधर हैं।

बाबूजी : हाँ, हाँ! लेकिन आप कौन हैं?

शिरी : मैं शिरी हूँ—याने...*(किताब बन्द कर)* हाँ, कहिए!

बाबूजी : यह क्या सार्वजनिक पुस्तकालय लगा आपको? या कोई बगीचा?

शिरी : बाबूजी, जो कहना है वह साफ-साफ कहिए!

बाबूजी : यहाँ पढ़ने मत बैठो। भीतर जाओ। यहाँ कोई आनेवाला है।

शिरी : लेकिन भाभी ने कहा है यहाँ बैठ कर पढ़ने के लिए!

बाबूजी : और मैं कह रहा हूँ कि रसोई घर में जाकर बैठो!

शिरी : लेकिन भाभी...

बाबूजी : *(गुस्से से बरसते हैं)* मुँह मत बनाओ! भीतर जाओ! हं—भाभी बोली? *(दिनकर से)* और आप...

(दिनकर दाढ़ी बनाने में व्यस्त)

बाबूजी : अजी जनाब...

दिनकर : *(मुड़ कर)* मैं? आपने मुझसे कुछ कहा?

बाबूजी : जी, आप से ही कहा! आप भीतर अपने कमरे में जाइए और दाढ़ी बनाइए। यहाँ कोई आनेवाला है।

दिनकर : तो आने दीजिए।

बाबूजी : क्या कहा? आने दीजिए? वे आपकी दाढ़ी देखने नहीं आ रहे हैं—किसी जरूरी काम से आ रहे हैं! हमें बड़ा महत्वपूर्ण काम करना है। यहाँ!

दिनकर : मुझे भी इण्टरव्यू के लिए जाना है। भीतर रौशनी कम है इसलिए यहाँ आया हूँ।

बाबूजी : यह कोई सैलून नहीं है। समझे?

दिनकर : कौन कहता है इसे सैलून? लेकिन आप भी जब कभी दाढ़ी बनाते हैं तब यहीं पर ही तो...

बाबूजी : हाँ, मैं पागल हूँ! लेकिन अब तुम मेहरबानी कर यह बन्द करो!

कमल : लेकिन बाबूजी...

बाबूजी : दाढ़ी बनाना बन्द करो यानि बन्द करो...

कमल : लेकिन बाबूजी, उनके आने तक भैया की दाढ़ी हो भी जाएगी!

बाबूजी : तुम? तुम भी उसकी हाँ में हाँ मिला रही हो? हुआ क्या है आप लोगों को? इस घर में मेरी कुछ इज्जत है भी या नहीं?

दिनकर : आधी हो चुकी है। बाकी बची हुई झट से निबटा लेता हूँ।

बाबूजी : न-हीं

दिनकर : लेकिन बाबूजी...इण्टरव्यू...

बाबूजी : ओ लड़के! तुम्हारे उस इण्टरव्यू का रौब मुझ पर मत झाड़ो! क्या मिलनेवाला है तुम्हें उन नौकरियों से? कैसी नौकरी

मिलनेवाली है? चपरासी की? या झाड़ूवाले की?

दिनकर : बाबूजी...

बाबूजी : मैं सब समझता हूँ तुम्हारे सिर में ये हवा क्यों घुसी है!

कमल : भैया, बाबूजी कह रहे हैं तो जाइए न अपने कमरे में।

दिनकर : अरी बहना, इतने बरसों से यहीं पर, हमारे रहते हुए ही पूज्य पिताश्री के सारे धन्धे चलते आए हैं न? तब इन्हें हमारी अड़चन नहीं लगी? और आज? अरी, हम यहीं पर ही तो सोते, खेलते रहते थे और हमारे पिताश्री ने लोगों को पटाने के लिए हमें उनके सामने अनाथाश्रम के बच्चे कहते हुए भी पेश किया है...

बाबूजी : हाँ हाँ किया था, लेकिन तुम लोगों की परवरिश के लिए ही! चुप रहो अब...

दिनकर : वाह! क्या कहने! हमारी परवरिश के लिए हमें ही बेचा..!

बाबूजी : *(गुस्से में)* ऐ लड़के, चल अन्दर जा...

(दिनकर गुस्से में दाढ़ी का सारा सामान समेट कर भीतर जाता है!)

साले, बदमाश कहीं के। एहसान फरामोश! कृतघ्न! किसी के बहकावे में आए हैं साले!

कमल : बाबूजी, वे आनेवाले हैं न...

बाबूजी : हाँ हाँ! याद है। *(शिरी पर नजर पड़ते ही।) (और गुस्से में)* अरे, तुम अभी तक यहीं हो? क्या कहा था मैंने तुमसे? सुना नहीं? तो फिर यहाँ बुद्धकथा पढ़ते क्यों बैठे हो? खुद को क्या गौतम बुद्ध समझ रहे हो? निर्बुद्ध कहीं का!

(शिरी झटके से किताब बन्द कर कमरे में चला जाता है और दरवाजा भिड़ा लेता है।)

बाबूजी : घर में मानो सिरफिरों का 'गुमराह' नाटक चल रहा है।

कमल : बाबूजी, वे आते ही होंगे न...!

बाबूजी : जानता हूँ बेटा! लेकिन ये घर के लोग तो देखो जरा! लगता है जैसे सबकी मति मारी गयी है! *(घड़ी देखते हुए)* उफ्! साढ़े नौ बज कर पाँच मिनट! अरी बच्ची! जा। भीतर जा और जब तक नहीं बुलाता इधर मत आ। और किसी को आने भी मत दे। एकदम चौकन्ना रहना है! खास कर तेरी भाभी पर कड़ी

नजर रख वरना फिर से सब कुछ चौपट होगा! ऐसा चांस बार-बार नहीं आता। ग्रहयोग भी अच्छा है। शुभ योग है। जा, तू भीतर जा! तुम्हारी भाभी का ध्यान रखना!

कमल : जी बाबूजी! *(रसोई घर में चली जाती है। बाहर के कमरे में बाबूजी अकेले! दीर्घ प्रश्वास! खिड़कियों के पर्दे ठीक करते हैं। जाकिट के बटन ठीक हैं। देखते हैं। टोपी और भी टेढ़ी करते हैं। रसोईघर का दरवाजा धीरे से बन्द करते हैं। धर्मादाय बक्सा छिपाते हैं। अलमारी से फोल्डिंग चरखा निकाल कर टेबल पर रखते हैं। सूत कातने की पूरी तैयारी कर लेते हैं। डिश में खजूर रखते हैं। ध्यान रसोईघर की ओर! फिर कुण्डी चढ़ाते हैं और आराम से होते हैं। चाल बदलते हैं। चेहरे पर स्नेह! बुद्ध की मूर्ति को प्रणाम करते हैं। कुछ बुदबुदाते हैं। चरखे पर प्रैक्टिस कर देखते हैं। जेब से कागज निकाल कर नजर फेरते हैं। याद कर रख लेते हैं।)*

बाबूजी : आजकल दिमाग में कुछ रहता ही नहीं।

(नीचे कार की आवाज। बाबूजी अत्यधिक सजग)

बकरा आया!

(जल्दी-जल्दी दरवाजे की कुण्डी निकालते हैं। सूत कातने का पोज। दरवाजे पर दो-तीन बार दस्तक। स्नेह से...)

दरवाजा खुला है।

(दरवाजा खुल जाता है। दरवाजे पर एक कर्तृत्वशील, अमीर, रौबीला व्यक्ति! चिन्ता ग्रस्त। नर्वस। लगातार सिगरेट सुलगाता है बुझता है, फेंकता है।)

व्यक्ति : *(घर, बाबूजी को गौर से देखता है)* नमस्कार।

बाबूजी : *(नकली स्नेहयुक्त आवाज)* जय जगत्! भई, आपकी तारीफ?

व्यक्ति : मैंने सन्देश भेजा था। मैं लक्ष्मीकान्त सीताराम तिरोडकर।

बाबूजी : लक्ष्मीकान्त... याने सन् पैंतीस में साबरमती में थे?

व्यक्ति : मैं साबरमती में कभी न था। आपको मेरे काम के बारे में पता चल ही चुका होगा।

बाबूजी : शायद आप से मिला हूँ। आप कुछ काम से आए होंगे। मैंने महादेव भाई से कहा भी था...

व्यक्ति : कैन आई टेक अ सीट?

बाबूजी : शायद दाण्डी यात्रा के समय?

व्यक्ति : *(बैठते हुए)* मेरे पास समय की कमी है। आपकी इजाजत हो तो...

बाबूजी : भई, आपमें मुझे गोपालभाई का आभास हो रहा है! अल्मोड़ा जेल में हम साथ थे... 'अ' कक्ष में–

व्यक्ति : देखिए, मेरे पास समय नहीं है। हम सीधे काम की बात करें? आई एम इन अ हरी!

बाबूजी : इससे मुझे याद आ रही है...वर्धा में कोकिला बेन ने सायं प्रार्थना में एक बार हरिभक्ति के बारे में सुन्दर विचार कहा था–अति सुन्दर...

व्यक्ति : प्लीज, मैं ट्रॅश सुनने की मनःस्थिति में नहीं हूँ। मैं मुसीबतों से घिरा हूँ।

बाबूजी : मीरा बाई के अमर शब्दों में कहा जाए तो...

व्यक्ति : मत कहिए। मैं सिर्फ काम की बात करने आया हूँ। जल्दी में हूँ। मुद्दे की बात करनी है। मेरे लिए वही सही है।

बाबूजी : क्या सही फर्माया! देखिए, संजोग देखिए। आज सुबह ही मैंने अपनी डायरी में दर्शन-विचारों में तीसरी या चौथी, नहीं पाँचवीं पंक्ति में...

व्यक्ति : इनफ्! इनफ़ ऑफ इट। प्लीज! मेरा हर लम्हा महत्वपूर्ण है। मेरा समय बरबाद मत कीजिए। हम काम की बात करें?

बाबूजी : कहिए! *(कुर्सी में पालथी मार कर बैठते हैं।)* मन एकाग्र करने हेतु यदि सूत कातते हुए सुना तो चलेगा? हमारी आश्रम की आदत है। बापूजी कहा करते थे–सूत कताई विचार बनना चाहिए। कपास से निकलने वाला हर रेशा-रेशा साफ-सुथरा रेशा...

व्यक्ति : आय से ईनफ! यह स क्या है? क्या आप मेरी स्थिति की गम्भीरता भाँप नहीं सके? अजी कुलकर्णी साब, मेरी जिन्दगी भर की कमाई और मेहनत दाँव पर लग चुकी है। जेल जाने की नौबत आयी है। मैं तो तबाह हो रहा हूँ।

बाबूजी : *(हकलाते हुए)* गोकुल भाई के मतानुसार तामसी मन शैतान का घर होता है।

व्यक्ति : *(खड़ा रहकर)* विल यू स्टॉप दि ब्लडी गोकुलभाई एण्ड ऑल रबिश? मैं यह सब कुछ सुनने के लिए यहाँ नहीं आया हूँ! मेरा आपसे क्या काम है, आप अच्छी तरह से जानते हैं। आप कर पाएँगे या नहीं? यदि हाँ तो कैसे? कब? लेट मी नो! यदि नहीं कर पाएँगे तो साफ-साफ कह दीजिए! मैं दूसरे किसी के पास जाऊँगा? नकार और अफसोस जाहिर करनेवालों से अब मैं भली-भाँति परिचित हो चुका हूँ। इन चार-पाँच दिनों में ही जिन पर मैंने हजारों रुपयों के उपकार किए हैं वे भी मेरी मदद करने से कतरा रहे हैं। अब उनका चरित्र और कॉन्शस आड़े आ रहा है! मेरे सगे भाई तक मुझसे मुँह मोड़ चुके हैं। उनकी राय में मैं डूबता जहाज हूँ। और मुझे बचाना बेकार है। मेरी पत्नी ने तक पीठ फेर ली है। इट्स ऑल राइट! मुझे ही कुछ करना चाहिए। आपका नाम मुझे के.टी ने सुझाया!

बाबूजी : हाँ हाँ, उनकी मुझमें श्रद्धा है भई! वे बेहद श्रद्धावान हैं।

व्यक्ति : कौन? के.टी.? नम्बर एक का बदमाश, चालू चीज है वह! षडयन्त्र रचने में माहिर! ऑय नो हिम बेटर! मैं अच्छी तरह से जानता हूँ उसे। आप ही के चट्टे-बट्टे, रंग-ढंग-चाल का ही है वह! अभी मुझे श्रद्धावानों की जरूरत नहीं है। मुझे इन्फ्लुअन्स चाहिए! है आपके पास? सीधा दिल्ली तक? हाँ या नहीं? मुझे एक शब्द में बताइए।

बाबूजी : के.टी. भाई ही जानते हैं।

व्यक्ति : दूसरों की साक्ष्य मत सुनाओ। खुद कहो! कुलकर्णी साब, अब तो मैं चोर पर भी भरोसा रखने को मजबूर हो गया हूँ। किसी भी पत्थर को भगवान मानने को तैयार हूँ। जल्दी बोलिए। दिल्ली में कहाँ, किसके पास है इन्फ्लुअन्स?

बाबूजी : गलत शब्द प्रयोग! ऋणानुबन्ध कहिए! *(खजूर आगे करते हैं)* लीजिए। अरबस्तान से मँगवाया है। दूध भी है। बकरी का!

व्यक्ति : बकरे का भी पिऊँगा। काम हो जाना चाहिए।

बाबूजी : कभी-कभार दिल्ली जाता हूँ तो बड़ी आवभगत होती है। सुख-संवाद होते हैं। याने स्वतन्त्रता पूर्व काल की खट्टी-मीठी यादें...

व्यक्ति : रखिए अपने पास। खाली समय में चबाने के लिए...मिनिस्ट्री में कहाँ लिंक है?

(कमरे का दरवाजा खोल कर दिनकर दाढ़ी के पानी का बर्तन, ब्रश लेकर बाहर आता है और रसोईघर में चला जाता है।)

बाबूजी : *(सहसा)* दिनू! *(जल्दी से सम्भल कर)* गीता के तेरहवें अध्याय में पढ़िए मन का सन्तुलन *(दिनकर भीतर जाता है।)*

व्यक्ति : कर न भरते हुए शतरंज की चालें चलने वाले हम जैसे आर्थिक व्यवहार करनेवालों के लिए और हाथी दाँत के महल में रहनेवालों के लिए ये बातें बेकार हैं। हमें अपना सन्तुलन खुद बनाए रखना होता है। *(सहजता से कोट की जेब से पिस्तौल निकाल कर फिर से रख देता है।)* और कुलकर्णी साब, मेरे पास अब भी काफी सन्तुलन शेष है। मेरा काम होने का विश्वास आपने मुझे दिलाया तो आपका संतुलन रखने के लिए मैं काफी पैसे एडवान्स में दे दूँगा! डोन्ट वरी! अभी मेरे पास हैं पैसे!

बाबूजी : *(स्वयं को सँभालते हुए)* भई पैसे या धन है क्या? आखिर हैं तो कागज के टुकड़े ही!

बाबूजी : हाँ इन कागज के टुकड़ों के लिए ही तो सारी आपा-धापी, दौड़-धूप है! सभी चालें और षड्यन्त्र भी! आपकी यह बकवास और मीराबाई, बापूजी का ओढ़ा हुआ यह आपका स्वांग... है न? नाऊ लेट अस कम टु ब्रास टॅक्स! बोलिये के.टी. का हिस्सा मिलाकर आपका क्या चार्ज है? जल्दी बोलिए! किस के जरिए यह काम आप करेंगे? कैसे? कब?

बाबूजी : वह हमारा याने टी.देवराजन्! अर्थ मन्त्रालय में... बयालिस के आन्दोलन में यरवदा जेल में था! मीराबाई के भजन दक्षिणी शैली में कितना सुन्दर गाता था...

व्यक्ति : गाने दीजिए! उसके हाथ में कुछ नहीं है। मैंने पहले ही उसे टेप किया है। आगे बोलिए—

बाबूजी : वह...वह यह ईश्वरभाई! जेल में वे अपने डिब्बे का ढोकला सब को बाँटते थे...सबसे पहले मुझे...

व्यक्ति : वे भी किसी काम के नहीं हैं। मैंने पहले ही उनके बारे में जानकारी ली है। अभी तक ढोकले पर ही टिके हैं वे। आगे कहिए।

बाबूजी : ने...नेक्स्ट...सच कहूँ तो—हुकुम का पत्ता...डेप्युटी मिनिस्टर...वे भी अपनी बिरादरी के...उनका साढ़ू और हम...एक साथ अण्डरग्राउंट हो गए थे...आगे वह अरेस्ट हुआ और हम लड़ते रहे...

व्यक्ति : कोई फायदा नहीं। मेरा सफाया करने की यह सारी योजना शिवरामजी की ही है! उन दोनों ने ही तो मुझे पूरा खत्म करने का प्लॉन बनाया है। *(उठकर चलता है।)* चलता हूँ। थैंक्स फॉर वन मोअर एक्सपिरिअन्स। एण्ड गुड बाय स्मार्ट चॅप!

बाबूजी : *(जोर जोर से सिर खुजलाते, उसे रोकते हुए)* अब, मजबूर ही किया आपने इसलिए बताना पड़ रहा है। हाँ, बताने में हर्ज भी नहीं है। यहाँ के सुपरिचित आचार्य काका बाक्रे *(व्यक्ति चौंकता है। दिनकर रसोईघर से आकर अपने कमरे में चला जाता है। कमरे का दरवाजा बन्द कर लेता है)* हाँ। वे बड़ी पहुँचवाले हैं। यहीं नहीं, दिल्ली तक! महान सर्वोदयवादी! सीधे प्रधानमन्त्री तक पहुँच है...

व्यक्ति : मेरे पास उनका नाम है, लेकिन मुझे बल देकर बताया गया है कि वह आदमी बड़ा साफ-सुथरा है। अभिमानी और निःस्वार्थी! उनके आगे-पीछे कोई नहीं है। किसी चीज की लत भी नहीं उसे!

बाबूजी : *(पास जाकर, दबी आवाज में)* सभी गांधीवादियों के प्रति इसी तरह की गलतफहमी में आप ही क्या सभी हैं? लेकिन मैं जानता हूँ उन्हें अच्छी तरह से! मुझसे पूछिए!

व्यक्ति : *(संशय से लेकिन इण्टरेस्ट से)* यह बात है?

बाबूजी : और नहीं तो क्या! वे मेरे कहने में हैं। हम साथ थे न, नमक सत्याग्रह में! कानूनभंग में भी! यहाँ भी आते हैं कभी-कभी। अपना जानी दोस्त है।

व्यक्ति : यू डोण्ट से?

बाबूजी : अब और क्या कहूँ? घण्टों यहाँ बिताता है। मेरा कहना कभी नहीं टालता! है तो आम आदमी की तरह, लेकिन करता सब है—'खास खास!' 'वो' भी! फिलहाल पैसों की तंगी में है। 'ऐसे लफड़े' में। काहे का नैतिक ब्रह्मचर्य और क्या...

व्यक्ति : नो-नो, यू डोण्ट से...

बाबूजी : लीजिए मैं झूठ क्यों बोलूँ? प्रमाण दे सकता हूँ। गाँव में दो जगहें बिल्कुल तय हैं। सभी की आँख में धूल झोंक कर...! लेकिन मुझसे पूछिए न! मैं रत्ती-रत्ती जानता हूँ उनके सब...

व्यक्ति : दिस इज इंटरेस्टिंग! *(सिगरेट पीते बैठता है)*

बाबूजी : तीन बार तो मैंने ही उसे मुसीबत से उबारा है। बड़े नाजुक मामले थे! कुछ मत पूछिए...

व्यक्ति : *(कश खींचते)* ऑय सी...

बाबूजी : तो करूँ आपके लिए कुछ?

(बाहर पुकार सुनायी देती है। 'बेटा मंगला ओ मंगला...' काका ब्राके की आवाज! बाबूजी चौंक जाते हैं।)

व्यक्ति : येस! कौन हैं?

बाबूजी : अं? आए हैं! कौन?

(काका ब्राके दरवाजे पर, बगल में पुस्तक दबायी है।)

काका : मंगला बेटा.... *(बाबूजी का बदला रूप देख कर)* अरे रे! यह कैसी क्रान्ति? इतना परिवर्तन? मैंने बाहर कहीं तुम्हें पहचाना ही नहीं होता। *(इधर-उधर देखते हुए)* समूचा ट्रान्सफर सीन? ऐसे अचानक हमारी बिरादरी में कैसे पहुँचे बाबा तुम?

बाबूजी : *(बेहाल लेकिन खुद पर काबू रखते हुए)* ऐसा क्या कह रहे हैं? आचार्य जी, हम तो आप ही की बिरादरी के हैं!

काका : अजी इतना हम सर्वोदयी वालों का भाग्य कहाँ? कोयल के घरौंदे में यह कौवे का अण्डा कैसे आया? *(बाबूजी का धर्मसंकट जानकर दबी आवाज में)* अच्छा, अच्छा काम में हो? समझा। मैं कहीं ज्यादा तो बोल नहीं गया न! और हाँ! तुम्हारी बहू है न घर में? होगी कैसे नहीं? बेचारी जाएगी भी कहाँ?

बाबूजी : जाइए, भीतर जाकर बैठिए!

काका : भीतर? वह क्यों?

बाबूजी : पहले भीतर तो जाइए। बाद में बताऊँगा!
(उन्हें रसोईघर में लगभग ढकेलते हैं।)

काका : जाता हूँ बाबा! *(वे रसोई घर में जाते हैं। बाबू जी दरवाजे पर साँकल चढ़ाते हैं। आराम से हो जाते हैं।)*

व्यक्ति : *(काका की दिशा में देखते हुए)* बॉय द वे-ये?...

बाबूजी : मिलाइए हाथ! अब तो हो गया विश्वास? साक्षात् देखा न?

व्यक्ति : काफी रौबीला व्यक्ति है।

बाबूजी : लेकिन उतना ही बदमाश! स्वांग रचने में नम्बर एक! मुझसे पूछिए! हाँ, हमें क्या लेना-देना! काम होने से मतलब! अब तो आप मेरी 'पहुँच' मान गए होंगे। मेरी जेब में हैं सब!

व्यक्ति : यू मीन, रसोईघर में...?

बाबूजी : हाँ वहीं! इतने तो लगेंगे ही!

(एक उँगली दिखाते हैं) तिस पर दिल्ली जाने-आने का हवाई जहाज का किराया! किसी शानदार होटल में रहने का खर्चा—दो दिन का! तभी वह कुछ करेगा! पक्का बिजनेसमैन है बुवा! पैसे का लालची! और हाँ, इधर-उधर कुछ फेंकना होगा! कुछ भी हो—दिल्ली है तो आधुनिक तीर्थस्थल! इस देवता का भोग चढ़ा, उस देवता को प्रसन्न कर! इसका पुजारी, उसका बिचौलिया-कई लफड़े! दलालों के दलाल! अब आप ही गिनिए! सब मिलाकर दो हजार! वह भी अभी! शुभस्य शीघ्रम! है न?)

व्यक्ति : यह किसने कहा है? बाबूजी ने या मीरांबाई ने?

बाबूजी : हँ हँ हँ... नहीं। यह हमीं ने कहा! जल्दी कीजिए—(एक पंजे पर दूसरा रगड़ रहे हैं।)

व्यक्ति : और काम फतह होने पर कितना लेंगे? वह तो कहा नहीं।

बाबूजी : *(हड़बड़ाते हैं।)* आँ, नहीं कहा? साला, भूल ही गया। यह दिमाग भी न! सेवा कर-कर दिमाग थक जाता है! दस! कम-से-कम!

व्यक्ति : क्या? इतने ही? मेरी लाखों रुपयों की जिन्दगी के बदले में बस इतने ही? कुलकर्णी एक बार फिर से सोच लीजिए—

बाबूजी : ठीक है, बारह कीजिए!

व्यक्ति : उफ्! आप की आकाँक्षाएँ सीमित हैं। ऐनी वे! मुझे आपका ऑफर मंजूर है।

बाबूजी : वेरी गुड! अब एडवान्स दीजिए! उसे काम पर लगाऊँ तो मेरी मुक्ति हो जाएगी!

(व्यक्ति जेब से नोट निकालकर गिनने लगता है। रसोईघर का दरवाजा भीतर से ठकठकाया जा रहा है।)

काका : *(भीतर से)* हाँ हाँ बेटा, बैठता हूँ बाहर के कमरे में। तुम्हारी चाय बनने तक! अरे बाबूजी, दरवाजा बन्द क्यों किया है? गलती से साँकल चढ़ायी क्या? खोलो तो दरवाजा...

(बाबूजी हड़बड़ाहट में)

व्यक्ति : *(नोट गिनना रोककर)* मुझे लगता है वे बाहर आना चाहते हैं—

बाबूजी : *(चौंककर)* अं-हाँ-हाँ...आप दीजिए न!

व्यक्ति : मैं गिन रहा हूँ! तब तक आप दरवाजा खोलिए *(बाबूजी मजबूरी में दरवाजा खोलते हैं।)*

काका : *(बाहर आते हुए)* क्यों रे बाबूजी? तुमने मुझे भीतर भेजा और तुम्हारी बहू मुझे बाहर भेज रही है...आखिर मामला क्या है? बैठता हूँ मैं बेचारा! *(दबी आवाज में)* बाबूजी, तुम्हें कोई तकलीफ तो नहीं मेरी वजह से? तुम्हारा चलने दो...मैं पढ़ने बैठता हूँ! उस साब ने हमारे विनोबा जी पर जोरों का शाब्दिक हमला किया है! एकदम मुद्दों के आधार पर! भूदान के खिलाफ व्यक्त किए उसके विचारों से भले ही कोई सहमत न हो लेकिन उसके वे विचार हैं ही ऐसे कि सामनेवाला सोचने को बाध्य हो जाए! विद्वान दिखता है वह! हाँ आपका चलने दीजिए! हम पढ़ते बैठेंगे। *(जोर से)* मंगला, बेटा मैं बैठा हूँ हं! *(चश्मा चढ़ा कर पढ़ने लगते हैं।)*

व्यक्ति : *(बाबूजी से)* लीजिए, दो हजार हैं।

(बाबूजी शर्मिन्दा। काका पढ़ने में निमग्न।)

(बाबूजी इशारे से 'रुको' कहते हैं)

व्यक्ति : *(स्थितियों की घुटन से उबरते हुए सीधे काका से)* एक्सक्यूज़ मी...

बाबूजी : *(चिल्लाकर)* हाँ, हाँ तिरोडकर—

काका : *(मुड़कर)* क्या हुआ?...

व्यक्ति : नमस्ते।

काका : हाँ हाँ, नमस्ते *(किताब में नजर, ऊपर उठा कर)* चलने दो। तुम्हारा-हमारा यहाँ होना मुसीबत नहीं है, लेकिन वह मेरी गुस्सैल भाँजी। उसके लिए आता हूँ! उसके कहने पर सब वही करता हूँ जो वह चाहती है! मैंने कहा—मैं चाय न लूँगा तो कहने

लगी—चाय तो पीनी पड़ेगी! पिछले चालीस वर्षों में चाय नहीं पी! लेकिन वह सुने तब न! आखिर कहा—हाँ, पिऊँगा बेटा! और उसने कहा, बैठिए बाहर के कमरे में। लाती हूँ। —हाँ आपका चलने दीजिए—*(फिर से पुस्तक में नजर। बाबूजी हडबड़ाए हुए)*

व्यक्ति : *(बाबूजी के इशारों को नजरअंदाज कर सीधे काका से)* मैं लक्ष्मीकान्त तिरोडकर। *(काका उसे देखते हैं।)* मेरा बड़ा बिजनेस है। याने था ऐसा ही कहना होगा! कई कम्पनियों का मैं मैनेजिंग डायरेक्टर हूँ—मतलब अब तक तो हूँ। मेरे काम को लेकर कुलकर्णी ने आपसे बात की होगी...

बाबूजी : *(हड़बड़ाकर)* हाँ, हाँ, बोलूँगा, कहूँगा उनसे! तिरोडकर जी, आप अब चलिए! नमस्कार... *(दबी आवाज में)* ऐसे थोड़े ही होते हैं काम?

काका : ठहरो बाबूजी! क्या? क्या काम है आपका? और कहना है तो यह कुलकर्णी क्यों चाहिए बीच में? नौकर का नौकर? और काम क्या है? आप मराठी जानते हैं मैं भी! आप बोल सकते हैं और मैं सुन सकता हूँ।

बाबूजी : हाँ हाँ! बात यह है कि मैं कह दूँगा तो ज्यादा ठीक रहेगी! *(व्यक्ति से)* आप चिन्ता न करें! अब आप से विदा होते हैं हम! चलिए, आपको दरवाजे तक छोड़ आऊँ! बाकी बातें वहीं करेंगे! *(दबी आवाज में)* इन लोगों को साफ-साफ बात करना अच्छा नहीं लगता।

काका : अजीब हो! उन्हें क्यों जाने के लिए मजबूर कर रहे हो? कहने दो उन्हें, जो वे कहना चाहते हैं, मुझसे बात करने दो! तुम्हारे काम में इससे रुकावट तो नहीं आएगी न? हाँ तो श्रीमान, मैं काका बाक्रे! बाद में गलतफहमी न हो इसलिए पहले ही अपना परिचय दे रहा हूँ।

बाबूजी : *(व्यक्ति से)* आप मेरी सुनिए। चलिए, उठिए।

काका : अरे तुम्हें कुछ सभ्यता, संस्कार का खयाल भी है?

बाबूजी : काका, आप गलत मत समझिए। इन्हें ही जल्दी है। जब से आए हैं तब से कहे जा रहे हैं कि मेरा प्रत्येक क्षण बड़ा कीमती है। समय की कमी है। क्यों तिरोडकर जी? सच है न?

काका : अरे! लेकिन ये बात उन्हें कहने दो न! क्यों श्रीमान? क्या नाम बताया आपका—लक्ष्मीकान्त जी? आप क्या जल्दी में हैं? यदि आपके पास समय नहीं है और कहने के लिए कुछ नहीं है तो सीधे चले जाइए!

बाबूजी : तिरोडकर जी, आप सचमुच उठिए। चलिए! क्यों अपना समय बरबाद कर रहे हैं? टाइम इज मनी—यू नो! चलिए—

काका : पहले तुम बीच में से हट जाओ! वे बोलेंगे, मैं सुनूँगा। बीच में तुम जैसे बिचौले की जरूरत नहीं है। समझे? चलो हटो, दूर बैठो! *(बाबूजी मन मसोसकर दूर बैठते हैं।)*

बाबूजी : *(दबी आवाज में)* तिरोडकर जी, बाद में मुझ पर इल्जाम मत लगाना! काम बिगड़ जाएगा तो मैं...

काका : हाँ कहिए लक्ष्मीकान्त जी! क्या काम है मेरे पास आपका? *(भीतर से मंगला तीन कप चाय ले आती है।)*

मंगला : मामा जी, देखिए। झट से बना लायी न मैं चाय?

काका : और नहीं तो क्या! मामा को चाय पिलाने में तुम देर थोड़े ही करोगी?

मंगला : मेरे हाथ की बनी चाय पीकर चाय पीना आरम्भ कीजिए। देखिए, सब कुछ अच्छा लगेगा। वरना आप जहाँ जाते हैं वहाँ लोग चाय पीने का आग्रह करते हैं और आप मना करते हैं। लोग फिर आपको 'बुवा' कहते हैं।

काका : हाँ हाँ, इस बहाने तुम भी पुकार लो मुझे 'बुवा!'

बाबूजी : सुनिए मेरी बात तिरोडकर जी! ये बातें इस तरीके से नहीं की जातीं। अब भी वक्त है—सुनिए मेरी बात—ये जिम्मेदारी मुझे निभाने दीजिए—

(मंगला तीनों को चाय देती है)

व्यक्ति : *(कृतज्ञता से)* थैंक्स! हाँ तो काका जी, मैं संक्षेप में आपको बता देता हूँ! मैं आपका अधिक समय न लूँगा।

काका : मेरे समय की चिन्ता मत कीजिए! मैं कोई मन्त्री या नेता नहीं हूँ! ईश्वर कृपा से मेरे पास काफी समय है! हाँ कहिए—

व्यक्ति : मैं मुसीबत में हूँ! दिल्ली के अर्थ विभाग ने मुझे मिटाने हेतु

कमर कस ली है!

काका : अर्थ विभाग ने? आपको मिटाने हेतु? वह भला क्यों? नए करों के नाम सूझ नहीं रहे हैं क्या उन्हें?

मंगला : मामाजी, पहले वह चाय लीजिए—

काका : हाँ हाँ, पीता हूँ। लक्ष्मीकान्त जी लीजिए—चाय लीजिए! इं! बाबूजी लो, तुम तो पक्के चाय बाज हो! हाँ कहिए आप दिल्ली के अर्थविभाग की कुछ बात कह रहे थे...

व्यक्ति : नहीं, मैं अपने बारे में बोल रहा था। मैंने जो कर नहीं भरे बतौर सजा, अब वे मुझसे इतनी भारी रकम वसूलना चाहते हैं कि मैं तो मिट जाऊँगा! मेरी कम्पनियों में के कुछ डायरेक्टर लोगों को अपने साथ मिला कर उन्होंने मेरे काले धन्धों की न्यायालयी पूछताछ करने की ठानी है।

काका : तो आप बाबूजी के पास कैसे पहुँचे? हाँ आप यदि नहीं बताना चाहते तो कोई बात नहीं...

व्यक्ति : मुझे पता चला कि इनके दिल्ली में कैबिनेट में कॉन्टेक्ट्स हैं।

काका : *(चाय पीते-पीते गहन आश्चर्य में)* किसके? इसके? *(भीतर जाने निकली मंगला थम-से रह जाती है)* बाबूजी, तुम इतने ऊपर कब पहुँचे? और कैसे?

व्यक्ति : ये स्वतन्त्रता संग्राम के क्रान्तिकारी थे और आज के कुछ टॉप इन्फ्लुएन्शनल व्यक्तियों के साथ जेल आदि में थे...

काका : कौन? यह बाबूजी? हाँ, यह जेल में था जरूर लेकिन इसके तब के साथी टॉप इन्फ्लुएन्शनल कब से बने?

व्यक्ति : आप से भी इनकी घनिष्ठ दोस्ती है...उस जमाने की...

काका : कहाँ, हमारी दोस्ती जेल में हुई। वह आज भी कायम है।

व्यक्ति : मुझे कोई खास आशा नहीं है। मेरा केस फेटल है। सारे दरवाजे बन्द हो चुके हैं। या यूँ कहना चाहिए कि चारों ओर से बन्दूकें मेरी ओर तन गयी हैं। अब बस 'फायर' का आदेश सुनाना बाकी रह गया है।

काका : अजी साब! आप कितने भयावह शब्दों में बयान कर रहे हैं?

व्यक्ति : यही सच है। उनका दाँव। पाँसे ठीक से डाले गए हैं। मैं बरबाद हो जाऊँगा। हो सकता है कि मुझे जेल हो। जेल जाना बड़ी

बात नहीं है पर डरता हूँ बरबादी से...

काका : हाँ, वह तो है...

व्यक्ति : तब भी मैं प्रयत्नों में कोई कसर छोड़ना नहीं चाहता...सब कुछ समाप्त होने तक कोशिशें करना मेरे हाथ में है...

काका : इतनी विपरीत परिस्थितियों में भी आपकी मनःशान्ति कायम है—लक्ष्मीकान्त जी, यह बहुत अच्छी, विशेष बात है। आसान नहीं है यह...

बाबूजी : *(दबी आवाज में)* तिरोडकर जी, आप बहुत देर कर रहे हैं...

काका : अच्छा तो मुझे बताइए—लक्ष्मीकान्त जी, सरकार द्वारा आप पर लगाए गए आरोप कितने सच हैं?

व्यक्ति : शत-प्रतिशत सच हैं।

काका : यानि आपने टैक्स नहीं भरा। बड़े पैमाने पर काला पैसा जमा किया... कम्पनियों में गलत...

व्यक्ति : दैट्स इट! इसके बगैर मैं इतने बड़े पैमाने पर यह सब कर ही नहीं सकता था। मैं बड़ा आकांक्षी था। मेरे सपने बड़े थे...मैं ऊँची उड़ानें...एण्ड आई आय मेण्ट बिजनेस!

काका : यानि अब सरकार आपके खिलाफ जो कार्रवाई कर रही है वह बिल्कुल गलत नहीं है। है न?

व्यक्ति : हाँ, वह बिल्कुल सही है। उनकी बात सही है। उनका काम सही है। वह अपना काम कर रही है।

काका : तो फिर आप बाबूजी के पास क्यों आए हैं?

व्यक्ति : मैं कह तो चुका हूँ—मुझे कोशिशें करनी चाहिए। मैं हाथ पर हाथ धरे नहीं बैठ सकता?

बाबूजी : *(दबी आवाज में)* तिरोडकर जी, चलिए यहाँ से...

काका : तुम चुप रहो बाबूजी! लक्ष्मीकान्त जी, अब आप मुझे यह बताइए कि यह बाबूजी आपके लिए दिल्ली में क्या करनेवाला है?

व्यक्ति : ये खुद कुछ करनेवाले नहीं हैं लेकिन इन्होंने मुझे आश्वस्त किया है कि ये आपके जरिए सब कुछ करनेवाले हैं।

काका : *(सिहरते हुए)* मेरे जरिए? क्या कहा?

(मंगला के हाथ से चाय की ट्रे गिरनेवाली है। वह जैसे-तैसे

सँभालती है।)

काका : मैं? और आप को अपने पापों से मुक्ति दिलाऊँगा? मैं? क्या कहा इस बाबूजी ने? क्या कहा?

व्यक्ति : यूँ ही थोड़े ही? आपका जो हिस्सा होगा वह पूरा देने का मैं वादा कर चुका हूँ। *(जेब से नोट निकालते हुए)* ये लीजिए। पहला एडवान्स इन्स्टॉलमेण्ट-दो हजार...

काका : *(काँपते हुए)*...अरे...ये...अरे...

(भीतर से दिनकर और शिरी आकर खड़े हो जाते हैं। रसोईघर से कमल भी आती है।)

व्यक्ति : *(बाबूजी से)* कुलकर्णी जी, ये पैसे मुझे आपको देने हैं या सीधे इन्हें दूँ? हाँ मेरा काम हो जाना चाहिए...

(काका मन का संयम रखने के लिए गीता के श्लोक बुदबुदाते हैं–जैसे-वैसे)

इतने से काम नहीं चलेगा तो मैं और भी देने के लिए तैयार हूँ। आखिर यह मेरी जिन्दगी और मौत का सवाल है। कितना भी दूँ, मुझे बोझ नहीं लगेगा। जो मर्जी माँगिए, लेकिन मेरा काम कीजिए। मैं आप की सारी जरूरतें पूरी करूँगा। आई मीन–ये... कुलकर्णी जी ने मुझे सब कुछ बताया है। और हाँ, ये सारी बातें मैं राज ही रखूँगा।

काका : *(अपने को मुश्किल से सँभालते हुए चकुटी हाथ में पकड़ते हुए)* बेटा मंगला, मैं चलता हूँ–चलता हूँ।

मंगला : *(आगे बढ़ते हुए)* मामाजी...

(काका काँपते हुए बाबूजी की ओर क्रोध, घृणा भरी नजर से देखते हैं। अपने को सँभाल लेते हैं)

काका : मुझे चलना चाहिए! हाँ, चलना चाहिए! हाँ, बस यही भोगना बाकी रह गया था! कभी सोचा तक न था कि यह भी...ऐसा भी...जिस लिए जिन्दगी भर शरीर, मन को मारा! प्रत्येक क्षण खुद को कसौटी पत्थर पर घिस, परख लेता था। सोचता था, इतना-सा भी दाग न लग जाए....आखिर लग ही गया! चलता हूँ बेटा...

(लकुटी टेकते हुए आवेग से चले जाते हैं। सन्नाटा! मंगला

चुपचाप भीतर चली जाती है। क्रोधी दिनकर कमरे में जाता है। कमल वहीं पर रुकती है। बाबूजी भीतर-ही-भीतर उफनते हैं। नीचे कार के दूर जाने की आवाज। बाबूजी सिर पर की टोपी फेंक देते हैं।)

कमल : अजी बाबूजी...

बाबूजी : **(चीखते हुए)** ऐ गधे की औलाद, चुप रह! *(चक्कर काटते हैं। खुद को सँभालते हैं)* कमली, जा तुम्हारी भाभी को बुला ला।

(कमल भीतर जाकर वापस आकर सहमी-सी खड़ी रहती है। उसके पीछे मंगला आती है। दिनकर कमरे के दरवाजे पर खड़ा है। मंगला खड़ी है। बाबूजी अभी भी उबल रहे हैं)

मंगला : *(सन्नाटा भंग करते हुए)* बाबूजी, मुझे बुलाया?

बाबूजी : हाँ (चुप)

मंगला : कुछ चाहिए?

बाबूजी : बहुत कुछ मिल गया मुझे...

दिनकर : बाबूजी, यूँ ही आप उसे...

बाबूजी : चुप!

मंगला : *(दिनकर से)* आप मत बोलिए! बाबूजी, मुझसे कुछ गलत हुआ क्या? कोई अपराध?

बाबूजी : नहीं। गलती हमसे ही हुई है! अब साला क्या रहा है?

दिनकर : बाबूजी, आप कुछ भी कहिए लेकिन मंगला ने क्या किया है? उसने किसी को भी कोई तकलीफ नहीं दी है। बल्कि सभी के लिए मर-खप रही है....

मंगला : *(दिनकर से)* प्लीज आप मेरी सुनिए तो! मैं कहती हूँ इसीलिए चुप हो जाइए न....

बाबूजी : क्या किया इसने? अरे, बहुत कुछ किया है? और ऊपर से कुछ न करने का ईनाम भी?

मंगला : बाबूजी, यदि मैंने कोई गलती की है तो बताइए। मैं सुधार लूँगी।

बाबूजी : *(दिनकर से)* मेरे सुपुत्र जी! इस घर का एक चलन है। शादी के बाद आप भूल गए हैं। लेकिन उसी चलन पर यह गृहस्थी निभ पायी है। इस बात को मत भूलिए। और आपकी श्रीमतीजी

ने इस चलन को साफ नकारना चाहा है! वह उसकी जिद है। उसने गद्दारी करना ठान लिया है। और अपने इन नादान विचारों की आदी बना रही है वह सबको! यहाँ का सारा माहौल बिगाड़ रही है।

कमल : बाबूजी...

बाबूजी : पेट भरने का सारा सामान—वे गण्डे-तावीज पाक यन्त्र खत्म हो गए हैं लेकिन यहाँ तो रामायण-महाभारत चल रहा है। कमली, यह सब क्या है?

दिनकर : बाबूजी, इसमें बुरा क्या है?

बाबूजी : ऊपर से पूछते हो इसमें बुरा क्या है? अरे घर का सारा अनुशासन खत्म हुआ है। सब कुछ बिखर गया है। एक बिखराव...

शिरी : बाबूजी, यह बिल्कुल गलत है। बल्कि अब यह घर 'घर' लगने लगा है।

बाबूजी : लो यह आया गौतम बुद्ध का अवतार! अभी मूँछ नहीं निकली है लेकिन साला अपनी राय देने चला है। पग-पग पर ऐसा अपमान...उपेक्षा...

(भीतर से यमुना जी आती हैं।)

यमुना : क्यों ख़्वामख़ाह सिर फोड़ रहे हैं...

बाबूजी : यूँ ही! यह तो गद्दारी का क्लाईमैक्स है। आप भी? आप भी इसे नजरअंदाज कर देना चाह रही हैं? जो हो रहा है न इन दिनों... ऐसा ही चलता रहा तो यह गृहस्थी कैसे निभेगी? क्या खाओगी? घर में दमड़ी नहीं आएगी तो जिन्दा कैसे रहोगे? साला जो करने जाता हूँ उसमें सत्य, सद्वर्तन, प्रामाणिकता...की टाँग अड़ाई जा रही है...और तो और वह सत्य का पुजारी सर्वोदयी ठेकेदार... कान्ट्रॅक्टर...बीच में टपक पड़ा। उसे भी इसी वक्त आना था? क्यों?

कमल : बाबूजी, उन्हें भाभी थोड़े ही बुला लायी थीं? वे तो आप ही चले आए थे...

बाबूजी : हाँ, हाँ, लेकिन किसके लिए आए थे? मेरे घर में मैं क्या कर रहा हूँ इससे उस बिलाव संन्यासी का क्या लेना-देना?

दिनकर : बाबूजी, आप ही उनके नाम का यूँ गलत...

बाबूजी : क्या कहा? गलत? ऐ दिन्या, तेरी जबान लम्बी बनी है रे! और कान भी! अरे मैं उनकी बिरादरी को अच्छी तरह से पहचानता हूँ। तेरे जनमने से पहले से मैं इन खद्दरधारियों को, इन सन्तों को देखता आया हूँ। जेल में तब ये ऊपर के क्लास में हुआ करते थे। पेटू कहीं के! खूब खाते थे। आराम फर्माते थे और ऊपर से नाटक नौटंकी–देश के लिए त्याग! देहान्त! साले पाखण्डी सब-के-सब! ऊपर से भोले, भीतर से...और फिर रोब जताने के लिए मुक्त! उनसे तो हम भले साला, इतनी मेहनत से पटाया था! सब चौपट हुआ! हम तो बरबाद हुए–पूरी तरह से!

मंगला : बाबूजी, आप क्या कहे जा रहे हैं? क्या आपको खुद पता है? मेरी तो यह सब समझ के परे है! कैसी विचारधारा, कैसी गद्दारी? मैं माहौल बिगाड़ रही हूँ मतलब क्या कर रही हूँ? बाबूजी, मैं एक सामान्य-सी लड़की हूँ। हाँ, हूँ जिद्दी! सब कुछ जानते हुए भी मैंने इस घर में आने की जिद की, इसमें क्या गलत किया? पता नहीं कैसे लेकिन हमारी गरीबी में एक सामर्थ्य जरूर होती है! पता नहीं मुझे इससे अच्छा घर मिलता भी या नहीं? मैं सौतेलेपन से ऊब चुकी थी! कहा करती थी–कहीं भी हो लेकिन मुझे ससुराल चाहिए! और नियति ने जो दिया है उसे जान की बाजी लगा कर सँजो रही हूँ। अच्छा करने का प्रयास कर रही हूँ। और कैसे बर्ताव करूँ? आप कहिए! यदि मैं गलत हूँ तो समझाइए–मैं अपने में परिवर्तन...

बाबूजी : साला क्या समझाऊँ, सर मेरा? सब चौपट हो जाने पर क्या दिखाऊँ? और भोलापन? नहीं। सब समझता हूँ। कमली, बहूरानी, यदि यह सब ऐसा ही होता रहा तो एक दिन यह घर डूब जाएगा और फिर मुझसे सँभाला नहीं जाएगा! अभी कहे देता हूँ–

दिनकर : पिताजी, साफ-साफ कहिए न?

बाबूजी : कह दूँ? तो सुनो! तेरी पत्नी को इस घर का चलन स्वीकारना होगा!

कमल : बाबूजी, भाभी थोड़े ही विरोध दर्शा रही हैं?

बाबूजी : विरोध क्या सिर्फ शब्दों में दिखाया जाता है? दिनू, अपने व्यवहार से वह मेरा विरोध कर रही है। मैं जानता हूँ—हर पल, लगातार—

दिनकर : बड़ी अजीब बात कर रहे हैं?

बाबूजी : मैं नहीं, तुम्हारी पत्नी अजीब बात कर रही है। लाइसेन्स के लिए आए हुए उस आदमी की और कमली की बातचीत में इसे बीच में बोलने की क्या जरूरत थी?

कमल : बाबूजी, भाभी कुछ जानती न थी।

बाबूजी : अब उस काका ब्रोके को यहाँ क्यों बिठा गयी?

यमुना : अजी मैं स्नान कर रही थी! इसलिए...

बाबूजी : और वे रामायण-महाभारत? किसका लक्षण है यह? बोल दिनू? और कुछ देर पहले रामपंचायतन का ठाठ? ये सब क्या है?

दिनकर : बाबूजी यह तो कोई बात नहीं हुई! सीधे बर्ताव का ऐसा विपरीत अर्थ? कमाल है आपका!

बाबूजी : हाँ, है मेरा कमाल! लेकिन कहे देता हूँ जब तक मैं हूँ, यह घर मेरी इच्छा से मेरे कहने से चलेगा! जिसे यह मंजूर नहीं होगा वह साला चला जाए यहाँ से!

(गम्भीर खामोशी! दिनकर दुखी। सभी दुखी। धीमी आवाज में) बहूरानी, मैं क्या कह रहा हूँ उसे तुम समझ रही होगी! तुम्हें अपना बर्ताव बदलना होगा। हर घर का अपना एक चाल-चलन होता है। इस घर का भी है। तुम्हें उसे अपनाना होगा। यहाँ जो चलता है, वही सब करना होगा। देखना होगा और अपने को इसी में समाना होगा! इतना कि तुम्हारा कोई अलग अस्तित्व ही महसूस न हो...

मंगला : बाबूजी, यहाँ की किसी चीज से मुझे विरोध नहीं है! विरोध करने का मेरा अधिकार भी नहीं है। लेकिन जो मुझे अच्छा लगता है उसे अपने तहत में सँजो ही सकती हूँ। है न?

बाबूजी : जहाँ चिंगारी गिरेगी वहाँ आग तो लग ही जाएगी। बहू, तुम जो सँजोना चाह रही हो वह चिंगारी है। आग लगाए बिना नहीं रहेगी।

मंगला : नहीं बाबूजी। जिन्होंने इसे सँजोने के लिए अपने जीवन दाँव पर लगाए वह तो जीवन शक्ति है। उससे कुछ तबाह कैसे हो

जाएगा? मेरे पिताजी तो हमेशा मुझे बताते थे कि वीरान जगहों पर इससे नन्दनवन खिलता है। तो फिर इससे कोई वीरान कैसे हो सकता है?

बाबूजी : बहूरानी, मुझे एक...सिर्फ एक घर ऐसा दिखा दे कि इस कारण वह घर बच पाया है। मुझे पुराणों की कथाएँ मत सुना! साला, जिस सत्य का इतना पक्ष ले रहे हैं आप, आखिर वह सत्य है क्या? साला यह जीना ही बहुत बड़ा बिजनेस है—गला काटने का व्यापार! छप्पन वर्षों से यही है यह गृहस्थी! अपना सिर सलामत रखते हुए बीवी-बच्चों की भूख मिटायी है—दो जून रोटी जुटायी है—एक अकेले मेरी ताकत पर! सब की जरूरतें, फरमाइशें पूरी की हैं। यह जीना एक यज्ञ है और यज्ञ में बकरे की आहुति तो देनी ही होगी न? पता नहीं, यह नहीं करता तो कब की अपनी छप्पन पीढ़ियाँ नर्क में जातीं।

मंगला : मेरे पिताजी सत्य और प्रामाणिकता से ही जीवन भर गृहस्थी का रथ चलाते आए हैं न!

बाबूजी : और उसी के पुरस्कार स्वरूप आप लोगों को आधे पेट खाना, भूख, आजन्म गरीबी मिली है। है न?

मंगला : मामाजी ने तो इसी सत्य के लिए खुद का जीवन समर्पित किया। फकीर बने!

बाबूजी : बहूरानी, खादी की कफनी ओढ़कर जो दर-दर भीख माँगता फिरा जीवन भर, उस लफंगे का उदाहरण दोबारा मुझे मत सुनाना। तुम्हारे उस मामा के सिर पर यदि गृहस्थी होती न, तो देखती तुम उसकी कसौटी और उसके उन फटीचर तत्वों की ताकत! हमसे भी गया-गुजरा बनता वह! तुम मुझे उसकी महानता मत सुनाओ! तुम्हारी समझ में मेरी बात आयी है! वह महत्वपूर्ण है। इस घर में वही चलन रहेगा और सभी को उसका पालन करना होगा—कोई अपवाद नहीं होगा।

मंगला : *(शान्ति से)* बाबूजी, वह मेरे बस की बात नहीं है।

बाबूजी : बहूरानी...

मंगला : सच कहती हूँ, मेरे लिए वह सम्भव नहीं है।

बाबूजी : *(क्रोध से)* फिर से कहो—

मंगला : मेरे लिए यह सम्भव नहीं है। मैं अलग परिवेश में पली-पढ़ी हूँ। इसमें मेरा कोई दोष है क्या? *(दिनकर से)* आप ही बताइए मैंने क्या ईश्वर के पास जिद की थी कि मुझे उसी घर जन्म दे? सासू माँ, क्या मेरा जन्म मेरे हाथ में था? ननद जी, आप ही बताइए—हमें क्या अपनी इच्छा से जन्म मिलता है? जो मेरे हाथ में नहीं था, जो मेरे खून में नहीं है—मैं उसका क्या करूँ? देवर जी, आप बताइए। बाबूजी, आप भी बताइए—मैं कैसे बदल दूँ उसे? जो हम नहीं होते? उसी तरह बनने में क्या तुक है?

दिनकर : *(कुछ देर से)* सही है...

शिरी : भाभी, मैं आप से सहमत हूँ।

यमुना : *(पति से)* देखिए, बहू जो कह रही है, वह ठीक ही है। और मैं आप से पूछ रही हूँ ऐसा कौन-सा गलत चाल-चलन है उसका? वह अपने तौर-तरीके सँजो कर रखेगी। हर्ज ही क्या है?

कमल : हाँ, बाबूजी, माँ जो कह रही है सही है।

(सभी मंगला के पास इकट्ठा होते हैं। बाबूजी अकेले हो गए हैं। बेचैन। दुविधा में। धीरे-धीरे उन्हें उपाय सूझता है।)

बाबूजी : हाँ, तुम्हारी बात बिल्कुल सही है! बिल्कुल सोलह आने सच है।

(सभी को आश्चर्य और आनन्द)

मैं भी सहमत हूँ। एकदम सहमत।

(सभी सुन-देख रहे हैं)

हाँ, तुम अलग माहौल में पली-बढ़ी हो इसमें तुम्हारा क्या दोष? क्या करती? बहूरानी शान्त हो जाओ! धीरज रखो। आज से यह घर तेरे जिम्मे सौंप दिया मैंने।

(सभी को अचरज का धक्का)

आज से यह घर तुम्हारे कब्जे में। तुम इसे अपनी रुचि से, अपने तरीके से सँभालो। तुम जैसे चाहोगी वैसे...

दिनकर : बाबूजी।

कमल : बाबूजी।

बाबूजी : क्या हुआ? अरे भई, उसकी मदद करो।

कमल : बाबूजी, सच कह रहे हैं आप?

बाबूजी : अरी, गधी कहीं की। मैं झूठ कब बोला हूँ?

कमल : वह बात नहीं, पर...

बाबूजी : मैं पूरे होश-हवास में कह रहा हूँ। यह घर बहूरानी अपने तरीकों से चलाएगी!

यमुना : आपके मन में क्या छिपा है? इतनी-सी बच्ची है वह...

मंगला : हाँ बाबूजी, मैंने घर की जिम्मेदारी स्वीकार ली है...

बाबूजी : बहुत खूब! बढ़िया! होने दो। हमने अपना अधिकार त्याग दिया! कमली, जा। चाय ले आओ। एकदम एक्स्ट्रा स्ट्रांग...*(कुर्सी पर पैर फैलाकर आराम से बैठ जाते हैं। आँखों में चमक)*

मंगला : बाबूजी, मुझे आपकी मदद चाहिए।

(बाबूजी और सभी चौंक कर देखते हैं)

किसी को धोखा न देते हुए, न लूटते हुए, एकदम प्रामाणिकता से मुझे कुछ करना है आप सबको साथ लेकर! यहाँ कुछ बनाना है—अब आप ही बताइए मैं ऐसा क्या करूँ? अपनी पद्धति से...

(बाबूजी का दिमाग चकरा गया है। सभी की वही स्थिति)

(परदा गिरता है)

अंक-तीन

(स्थान–वही। बाहर के कमरे को दो हिस्सों में बाँटा गया है। एक तरफ लकड़ी का केबिन। केबिन के बाहर के कमरे में 'उन्नति गृहोद्योग भण्डार' की वस्तुओं के विज्ञापनों के बड़े-से बोर्ड...दीवार से सटे हुए। दीवार पर टँगी 'बाबाओं' की तस्वीरों को हटाया गया है। और वहाँ महात्मा गाँधी, महर्षि कर्वे, आगरकर आदि समाज सुधारकों की तस्वीरें हैं। दीवार पर 'प्रयत्न ही परमेश्वर', 'सत्य परमोधर्मः' 'आज रोकड़ा कल उधार' की तख्तियाँ। दूसरी दीवार से सटा कर एक पुरानी लकड़ी की अलमारी, लकड़ी का बड़ा-सा स्टूल। अलमारी का एक दरवाजा खुला। भीतर रखी फाइलें, कागजात दीखते हैं। स्टूल पर पैकबन्द डिब्बे, बोतलें आदि। कोने में खोले गए पार्सल। दीवार से सटा शिरी का टेबल आगे सरकाया गया है और उस पर 'बिक्री विभाग' की तख्ती। टेबल पर पेपरवेट, पैन स्टैण्ड आदि।

शिरी कुर्सी पर बैठा टेबल पर सिर रख सोया हुआ है। खुली किताब बगल में। उसके बगल में जमीन पर कमल पालथी मार कर बैठी है। सामने उसका टीन का बक्सा। वह उसमें अपनी वस्तुएँ करीने से रख रही है। यह है कमरे का एक हिस्सा।

केबिन में एक टेबल, दो कुर्सियाँ, टेबल पर ढेर से कागज, फाइल्स, टेबल कैलेण्डर, ट्रेज–जिन पर 'इनवर्ड', 'आउटवर्ड'

लिखा है। बाबूजी का ध्यानस्थ बुद्ध फाइलों के एक ढेर पर बैठा है। केबिन के नीरस वातावरण से मेल न खानेवाला एक सुन्दर, नाजुक फ्लॉवर पॉट! उसमें ताजा फूल।

दो मुट्ठियों में ठुड्डी टेक कर बैठा प्लॉस्टिक का बच्चा। केबिन की दीवार पर 'वह' रामपंचायतन की तसबीर। केबिन में बाबूजी नाक पर ऐनक रखे कुछ कर रहे हैं। बदन पर बनियान, धोती, दोनों पैर ऊपर कुर्सी पर। चेहरा गम्भीर वैज्ञानिक-सा। केबिन के स्प्रिंगवाले दरवाजे पर 'हैं।' 'नहीं हैं' की तख्ती। दरवाजे की बेल जोर से बजती है। शिरी करवट बदलने-सा करता है। कमल ध्यान नहीं देती। बाबूजी लिखते-लिखते रुक कर दरवाजे की दिशा में देखते हैं। रसोई घर से यमुना जी झाँकती हैं। पसीने से तर-बतर। फिर से बेल बजती है। कोई भी जगह से हिलता नहीं है। यमुना जी अपने आपको 'ठीक' पेश करती हुई दरवाजा खोलती हैं। दरवाजे पर मंगला बिल्कुल आधुनिक, लेकिन भड़कीली नहीं, युवती के रूप में हाथ में पर्स।)

मंगला : *(भीतर आते हुए पीछे मुड़ कर ऊँची आवाज में)* आइए न! भीतर आइए। *(इसके पीछे से एक व्यक्ति भीतर आता है—कोट, सुखार, बड़ी तोंद। सिर पर फर की टर्की टोपी। काला चश्मा। सभी उँगलियों में अँगूठियाँ, गले में चेन, कलाई पर सोने की घड़ी, शर्ट में सोने के बटन, दो दाँत सोने के। नकली हँसी-आदतन) (ऊँची आवाज में बनावटी स्वर में, अतिरिक्त उत्साह से)* यह हमारे उन्नति गृहउद्योग भण्डार का कार्यालय। एक वर्ष हो गया! *(शिरी और कमल की ओर देखते ही)* श्रीकान्त जी, उठिए। यह सोने की जगह नहीं है। *(मंगला, मेहमान से)* यह रातपाली की व्यवस्था देखते हैं। ये कमलाजी, माल घर-घर पहुँचाने वाले विभाग की प्रमुख। *(मेहमान यमुना जी को घूर रहा है।)* आप हैं यमुनाजी *(यमुना जी रुकती हैं)* निर्मित विभाग इनके जिम्मे है। *(वे पल्लू कस कर बदन पर लपेट लेती हैं और*

भीतर चली जाती हैं) (केबिन में बैठे हुए बाबूजी बाहर झाँक रहे हैं।) आइए बाबूजी! *(बाबूजी कुर्सी पर टँगा कोट, टेबल पर रखी टोपी पहन कर बाहर आते हैं।)* ये हैं हमारे व्यवस्थापक। हमारा एक परिवार है। इसमें नौकर-मालिक भेद नहीं है। बाबूजी, आप हैं व्यंकर जी डुपरीकर। बड़े धनवान हैं, समय निकाल कर आए हैं। *(बाबूजी उसे आजमाकर व्यवस्थापक वाला कड़क सलाम करते हैं।)* आप बेलगाँव में होते हैं। अभी काम से बम्बई आए हैं। इतने काम में डूबे रहते हैं कि इन्हें समय का बड़ा अभाव रहता है। मैंने कहा, हमारे भण्डार को आपका चरणस्पर्श होने दीजिए। पाँच मिनट के लिए क्यों न हो, लेकिन भण्डार को भेंट दें।

बाबूजी : *(आह भरकर)* अलभ्य लाभ! मैडम! इन्हें बहुत पहले ही आना चाहिए था। मंगलाजी, मेहमान के लिए कुछ ठण्डा-गरम, नाश्ता? कैण्टीन में आर्डर देता हूँ।

मेहमान : *(थोड़ी गँवार भाषा में)* नहीं नहीं, डायबेटीस! चार वर्षों से।

मंगला : कुछ तो लीजिए।

मेहमान : सॉरी। नहीं तो कह रहा हूँ।

मंगला : *(उसे केबिन में ले जाते हुए)* आइए न! आइए। बैठिए। यह है हमारा ऑफिस! आप बैठिए। *(वह बैठता है। रंग-बिरंगा रूमाल निकालकर हवा करता है।)*
बाबूजी, वह अपना फैन कब आएगा ठीक हो कर।

बाबूजी : फैन? बस, आता ही होगा! सच तो यह है मैडम जी कि मैंने एअरकण्डिशन मशीन लाने की सोची है। इसीलिए फैन की दुरुस्ती की ओर ध्यान ही नहीं दिया।

मेहमान : दैट इज बेस्ट! हमारा बसवाण्णा भी यह मशीन लाया है। बेस्ट!

मंगला : *(टेबल के ड्रॉअर से एक विज्ञापन निकाल कर)* लीजिए। यह है हमारे भण्डार का जानकारी पत्र! इसमें हमारे सभी ध्येय, उद्देश्य, नीति—सब कुछ स्पष्ट लिखा है। 'सच्चाई और ग्राहक की सन्तुष्टि' हमारा आद्य कर्तव्य है। यही मन्त्र लेकर हम महाराष्ट्र के घर-घर में अपनी गृहोपयोगी वस्तुएँ सहकारी स्तर पर बेचते हैं। हमारा माल सौ फीसदी सही, विश्वास रखने योग्य

होता है। हमारे पास वैसे पत्र हैं—ग्राहकों के। जबानी भी लोगों ने हमें अपनी यही राय बतायी है। यही दरअसल हमारा मुनाफा है। बाबूजी, क्या आपने इनका डेढ़ हजार का आर्डर सप्लाई किया है? *(मेहमान से)* हम यह कोशिश करते रहते हैं कि हमारी वस्तुएँ आम जनता आसानी से खरीद पाए! है न बाबूजी?

बाबूजी : *(झट से)* हाँ हाँ! सच तो है।

मंगला : हाँ। जितना चाहिए, उतना अभी तक इस व्यवसाय में, आर्थिक दृष्टि से समर्थ नहीं हो पाए हैं। है न बाबूजी? लेकिन कोई बात नहीं। वैसे भी यह हमारा पहला ही वर्ष है।

बाबूजी : और नहीं तो क्या! एक ही साल तो हुआ है!

मंगला : *(मेहमान से)* और आप से हमें यह कहना है कि हमारी इच्छा के मुताबिक हम आप को सस्ते में चीजें नहीं बेच सकते। हाँ, हमारी वस्तुएँ बाजार की अन्य वस्तुओं की तुलना में अच्छी जरूर होती हैं। क्वालिटी वाली! पर क्या करें?

(अपना वाक्य एकदम ठीक हुआ, इसकी खुशी में उसाँस छोड़ती है। मेहमान को उसके कहने में कोई रस नहीं है। वह अँगूठियों से खेल रहा है।)

बाबूजी : *(बगल में रखे प्लॉस्टिक के दो-तीन डिब्बे उठा कर)* देखिए। टेस्ट तो देखिए। बहुत टेस्टी हैं। यह आम का केचअप यानि अचार! यह मुरब्बा-मधुकर जाम! यह नीबू का अचार...यह मटन मसाला...

मेहमान : रहने दो। टेस्टी होगा ही! है न?

मंगला : साल भर में—यानि इतने कम समय में इतनी तरक्की की है हमने! काफी है। है न बाबूजी?

बाबूजी : हाँ, मैडम जी!

मंगला : हाँ, लेकिन उसके लिए पूँजी चाहिए। उसके अभाव में हमारी ढेरों अच्छी-अच्छी योजनाएँ ठप्प पड़ी हैं। उत्साह, कल्पना, योजनाएँ—सब कुछ होने के बावजूद! फिलहाल हम बाईस चीजों का उत्पाद कर रहे हैं। उसकी सूची *(लीजिए यह, कहते हुए दूसरा कागज थमाती है)* यह नए एजेण्टों के लिए, अभी पचास चीजें बनानी हैं—लेकिन सवाल यह कि...

बाबूजी : पूँजी कहाँ से इकट्ठा करें...

मंगला : देखिए, ये ऑर्डर एक। एक चीज के कितने बड़े-बड़े ऑर्डर हैं...*(एक फाइल खोलती है। उस में से तम्बाकू गिरता है।)* यह क्या! बाबूजी, तम्बाकू और फाइल में?

बाबूजी : *(झट से)* मैडम जी, सैम्पल रखा था। आज या कल इसका उत्पाद जो करना है।

मेहमान : *(खुलकर)* हाँ हाँ! दॅट इज बेस्ट! तम्बाकू। बेस्ट! दीजिए! *(बाबूजी टेबल के ड्रॉअर से निकाल कर कई पुड़ियाँ उसे देते हैं, और चूना भी। मेहमान एक्स्पर्ट की तरह तम्बाकू मल कर मुँह में भर लेता है। बाबूजी उसे गौर से देखते हैं।)*

मंगला : *(उसका ध्यान खींचते हुए)* देखिए, और एक एक ऑर्डर का सोचिए। यह देखिए—अकोली, अमरावती, नागपुर, सतारा, रत्नागिरी, पण जी... समूचे महाराष्ट्र में हमारी वस्तुएँ...

मेहमान : *(तम्बाकू चूसते हुए)* वेरी बेस्ट! वेरी बेस्ट!!

मंगला : अब हमें बड़ी जगह की जरूरत है! है न?

बाबूजी : बिल्कुल ठीक कहा मैडम जी!

मंगला : फिर हम उत्पाद बढ़ा सकते हैं। *(मेहमान सुने, इस तरह)* अब तो सभी के ऑर्डर्स पूरे करना सम्भव नहीं होता। किसी तरह की मिलावट न करते हुए शुद्ध माल पूरे महाराष्ट्र को सप्लाई करना, वह भी सस्ते में...बड़ा...

बाबूजी : महाराष्ट्र के साथ बेलगाँव-कारवार भी...

मंगला : अं? *(निर्विकार भाव से)* हाँ हाँ! बेलगाँव-कारवार भी...अब हम ही अपनी तारीफ कितनी करें?

मेहमान : *(दो उँगलियाँ मुँह पर बाबूजी से)* ऊँ?

मंगला : *(अपना ही कहना जारी रखते हुए)*
आजकल बाजार में कितनी मिलावट! कितनी सौदेबाजी! चारों तरफ मुनाफ़ाखोर! आप जानते ही हैं। मिलावट ही बाजार बन गया है।

मेहमान : *(मुसीबत में। फिर से मुँह पर दो उँगलियाँ रखता है।)* हूँ? *(बाबूजी उसकी मुसीबत समझते हैं। टेबल के नीचे रखी पीकदानी निकाल कर देते हैं। मेहमान शास्त्रीय पद्धति से मुँह साफ करता है। बाबूजी गौर से देखते हैं।)*

मंगला : *(वही बात आगे बढ़ाती हुई)* आजकल ईमानदारी तो रत्ती भर भी नहीं मिलती। जहाँ देखिए वहाँ धोखाधड़ी...।

मेहमान : *(उठते हुए)* हाँ तो! कहा था न कि बड़े काम हैं। चलता हूँ। अर्जेण्ट!

मंगला : *(बलपूर्वक)* थोड़ा रुकिए! बाबूजी, इन्हें अपनी चीजों के प्रति महान लोगों के मंतव्य दिखाइए! *(मेहमान खड़ा ही)* देखिए, स्वयं राज्यपाल की पत्नी ने हमारे बनाए मसालों की तारीफ की है। सुपरिचित नेता पी.के. पाटील ने स्वयं हमारे ब्राह्मी तेल का इस्तेमाल करके कहा है कि इस तेल से दिमाग ठण्डा रहता है। और तो और...

(मेहमान केबिन के बाहर) सिने अभिनेत्री वैजयन्ती कुमारी, गायिका कोकिला शर्मा, उद्योगपति भगवन्तजी शेणोलीकर...

(मंगला उनके पीछे केबिन के बाहर आते हुए। बाबूजी उसके पीछे...)

हाँ, यदि आप पूँजी लगाएँगे तो आपकी पूँजी पक्की तरह से आपको वापस। समय पर ब्याज! आजकल पैसे वापस मिलने का कोई भरोसा नहीं लेकिन हमारा सारा व्यवहार ईमान पर खड़ा है। यही हमारी पूँजी है।*(मेहमान बाहर से दरवाजे तक। बातें करते हुए मंगला और बाबूजी)*

तिस पर हमारे यहाँ महिला उद्योजक कम हैं। बाबूजी, इन्हें नमूने के तौर पर एक-दो बोतलें दीजिए। मैं इनके साथ जाकर आती हूँ। तब तक आप इस नए ऑर्डर के बिल बना कर रखिए। *(मेहमान बाहर गया है, यह देख कर)* बाबूजी बस, मैं अभी आयी। *(और मेहमान के पीछे जाती है। बाबूजी आह भरते हैं)*

बाबूजी : *(केबिन में आकर)* क्या सुनहरा आदमी है साला! लेकिन देर से मिला!

(कोट, टोपी उतार कर कुर्सी में पालथी मार कर बैठ जाते हैं। साइन्टिस्ट लगते हैं। मेहमान के फेंके वे कागज देखकर)

इं, पढ़ा तक नहीं। है साला होशियार! बहूरानी यह पत्थर तुम्हारी बातों से पसीजेगा नहीं। सोने का स्मगलर! उसे तुम्हारी ईमानदारी की बातें क्या खाक अच्छी लगेंगी? यह आदमी हमारी

बिरादरी का है। हमारी जाने दो...

(कोट की जेब में रखे कागजात निकाल कर उनका अध्ययन करने लगते हैं। दार्शनिक लगते हैं। बाहर शिरी फिर से सोता है। कमल पालथी मार कर अपने काम में व्यस्त। भीतर से यमुना जी पसीना पोंछते-पोंछते आती हैं।)

यमुना : फिर से गयी? मुझे लगा आया कोई नया लेनदार! *(बाल सुलझाते हुए)* कमली, कौन था री वह?

कमल : मैं क्या जानूँ? था कोई हपरीकर या खुपरीकर! शायद बेलगाँव का था।

यमुना : सुबह आया था कोई भिवण्डी का एजेण्ट! मैं डर रही थी, कहीं चाय बनाने को न कहें। घर में छोटे बाबू के लिए भी दूध नहीं है।

कमल : इतने सारों को तो ले आती है भाभी, लेकिन एक काम का नहीं। सभी खा-पीकर चले जाते हैं। कर्ज मिलने का नाम नहीं। हमारे बाबूजी को देखो! वे बात करने लगते तो क्या मजाल कि कोई बकरा यूँ छूटे! हर एक से बाबूजी चार-पाँच हजार रुपए तो ऐंठते ही। भाभी कुछ भी कर नहीं पाती। उसकी अपनी वही सच्चाई, ईमानदारी की घिसी-पिटी बातें। उसके लिए तो होता है खेल! पर हमारी जान निकली जाती है।

यमुना : और यहाँ मर-खप कर जान जाने की नौबत आयी है। मैं तो रात-दिन चूल्हे-चौके में। ये मसाले, अचार, मुरब्बे, तेल और पावडर। उफ्!

कमल : बाबूजी भी कमाल के निकले। सीधे उसके हवाले पूरा घर सौंप डाला जैसे हम कोई थे ही नहीं।

यमुना : साल भी नहीं हुआ और देखो तो घर की यह क्या हालत हुई है। घर-घर नहीं कारखाना हो गया है। रोज रद्दी बढ़ती जा रही है। इस बहू को भी न, पता नहीं यह क्या सूझा! अच्छे-खासे चार बच्चों को जन्म देती। पालती-पोसती! गृहस्थी चलाती। लेकिन नहीं। बिजनेस करने चली है। और ये हमारे पतिदेव! उसका साथ...

(केबिन में बाबूजी जोर-जोर से बेल बजा रहे हैं।) कमली, जा

देख क्या चाहिए उन्हें! *(फिर से बेल)*

कमल : माँ, वे आपको ही बुला रहे हैं।

यमुना : अरी मूरख, पूछ तो उनसे क्या काम है?

कमल : माँ, देखो न!

शिरी : *(नींद से जागते हुए)* माँ देखो न! क्या झंझट है।
(यमुनाजी केबिन में जाती हैं।)

यमुना : क्या चाहिए? *(पल्लू से नाक, चेहरा पोंछती हैं।)*

बाबू : किसके बारे में बोल रहे हैं आप लोग?

यमुना : क्या?

बाबूजी : वही। चूल्हा-चौकी सँभाल कर, बच्चे पाल-पोस कर...

यमुना : आप जानते हैं जी...

बाबूजी : आज क्या हुआ है आप सबको? सुबह से देख रहा हूँ! सूत्रधार, उद्योगपति, घर की मुखिया महिला के बारे में ये...ऐसे बद्तमीजी भरे शब्द...?

यमुना : तो मैं करूँ भी तो क्या? बर्दाश्त की सारी हदें पार हो गयी हैं। घर का सुख-चैन—सब मिट्टी में मिल चुका है।

बाबूजी : देखिए, साला, सारे सुख पैसों पर निर्भर नहीं रहते। पैसों से मिलनेवाला सुख बहुत ही निम्न स्तर का होता है। सच्चा सुख सात्विक! आत्मा की सन्तुष्टि में होता है।

यमुना : यह आप कह रहे हैं?

बाबूजी : हाँ, फिलहाल मैं ही कह रहा हूँ! बहू को उससे व्यापार-धन्धे-काम से फुर्सत नहीं मिलती इसलिए मैं कह रहा हूँ। अरी! माल की खपत नहीं, यह क्या उसका दोष? साले बदमाश व्यापारियों से अच्छे, शुद्ध माल की पहचान नहीं होती। इसमें हमारी बहूरानी क्या करेगी बेचारी? उन चोरों को चाहिए ज्यादा पर्सेन्टेज! ज्यादा मुनाफा! तो हमारी बहू क्या करेगी?

यमुना : यह सब आप मुझे क्यों समझा रहे हो? उस कमली के ब्याह के लिए रखे हुए पैसे भी खर्च किए गए हैं।

बाबूजी : किसने खर्च किए?

यमुना : आपने दिए और उसने खर्च किए!

बाबूजी : और आप क्या कर रही थीं? देखिए, स्वाभिमान और आदर्शों से

जीना है तो उसकी कीमत तो चुकानी होगी न!

यमुना : आपकी कमाई से जो कुछ बचा कर रखा था वह भी सब साफ हो गया।

बाबूजी : तो क्या हुआ? बचाकर आदमी रखता ही क्यों है पैसे? ऐसी मुसीबतों के लिए काम आए इसीलिए ही न? और यहाँ तो महान प्रयोग चल रहा है...

यमुना : जब से ब्याह कर आयी हूँ यहाँ, तब से यही सब कुछ सह रही हूँ। बेहाल जिन्दगी, आपका जेल जाना...और बच्चों को लेकर मैं ही जानती हूँ मैंने कैसे दिन काटे हैं। एक-एक दिन...चार आने भी नहीं होते थे पास–*(आँखें पोंछती हैं)* अब कहीं अच्छे दिन आ रहे थे तो यह सब... *(सिसकती हैं)* आए दिन दरवाजे पर लेनदार खड़े हो जाते हैं। ऐसी बेइज्जती तो मैंने कभी नहीं होने दी थी इस घर की! और तो और, चाल की बड़े-बड़ों की औरतें मेरे पास आती थीं उधार माँगने के लिए! कहती थीं–कभी भी माँगो, यमुना जी के पास पैसे मिलते हैं। कहीं तीज-त्योहार, कहीं नामकरण, कहीं गोद-भरायी रस्म। सबसे पहले मुझे बुलाते थे...मैं सुहागन के रूप में सबसे आगे! और अब? आता है कोई? और आएगा भी तो मैं कैसे जा पाऊँगी? ऐसे कम्बल ओढ़ कर? खाली हाथ? *(पल्लू में मुँह छिपाकर)*

बाबूजी : अरी भागवान! आप ही तो बहूरानी का साथ लेकर मुझसे लड़-झगड़ रही थीं। वह सही कह रही है...वह ऐसी है...वह वैसी है...उसका चलन आपको कितना पसन्द आया था! आप सबको! आप ही सभी ने उसे प्रोत्साहन दिया था न! बहूरानी का समर्थन किया था न?

यमुना : लेकिन तब मुझे क्या पता था कि वह ऐसा कुछ करेगी? कितनी भोली-भाली थी! मुझे उस पर प्यार उमड़ आया था...

बाबूजी : तो अब कहाँ गया वह प्यार? जाइए, भीतर जाइए। यह ऑफिस है। ऑफिस में यूँ ऐसी-वैसी चर्चा नहीं करनी चाहिए। पिछले कई दिनों से देख रहा हूँ–साला बहू के पीठ पीछे यही सब बके जा रहे हैं आप लोग! और उसके सामने आते ही सब-के-सब भीगी बिल्ली बन जाते हो! चले जाइए!

(यमुना जी पल्लू से नाक, आँखें पोंछती हुई केबिन के बाहर आती हैं।)

कमल : *(सब कुछ चोरी-छुपे सुना है)* माँ, आज भाभी से कह ही दो। मैं भी कहूँगी।

(यमुना जी सीधी रसोई घर में जाती हैं। कमल की बात सुनकर बाबूजी चिन्तनग्रस्त। मन में कुछ गणित तय करते हैं। पैर कुर्सी पर। लेखन में मग्न)

और नहीं तो क्या! कोई भला कितना सह सकता है? शिरी ऽऽ ए शिरी...

(शिरी उनींदा आँखें, चश्मा पोंछ रहा है)

जब देखो, भाभी का रौब! हम मजदूर! यह रौब झाड़ेगी, घूमेगी और हम यहाँ काम में मरते रहेंगे! और क्या मिल रहा है बदले में? मीठी-मीठी झूठी तारीफ! नकली वादे! उपदेश! सच्चाई, ईमानदारी के! ये करो, ऐसे करो! काम न होने पर आँखों में गुस्सा! उफ्! कितनी मुसीबतें! शिरी, कितनी सुन्दर-सुन्दर फैशनेबुल साड़ियाँ आयी हैं बाजार में, लेकिन यहाँ हम? उन्हीं सड़ी-गली साड़ियों में! कितने अच्छे सिनेमा आए हैं लेकिन हम नहीं देख सकते! सहेलियाँ हँसती हैं मुझ पर! नानी माँ कह कर चिढ़ाती हैं। चारों ओर से मन मसोस कर रखो! घुटन! बेहद घुटन! शादी होने की एक आस थी लेकिन अब तो वह भी खत्म! मेरी शादी के लिए रखे पैसे ही खर्च कर डाले न भाभी ने! शिरी, उसके प्रयोग के लिए! उसके धन्धे में।

(बाबूजी सब सुन रहे हैं।)

अब क्या बचा है इस घर में? शिरी, बता न! क्या बचा है? रात-दिन काम और काम... उबालो, भूनो। कूटो! डिब्बे में भरो! बोतलें भरो! लेबल चिपकाओ, ढक्कन लगाओ। या फिर माल खपाने के लिए इतना बड़ा बक्सा लेकर दर-दर भटको। सभी ठुकराते हैं। दरवाजा नहीं खोलते। भीतर आने नहीं देते! फिर अगले दरवाजे! कोई गन्दे मजाक करते हैं, फब्तियाँ कसते हैं। शिरी बता दे! क्या मैं भिखारिन हूँ या वैसी औरत हूँ? ऊपर से भाभी की घुड़कियाँ। खुद अच्छी-अच्छी साड़ियाँ पहन कर,

इत्र उंड़ेल कर घूमेंगी बड़े लोगों के साथ कॉन्ट्रेक्ट के लिए! वह क्यों? *(गुस्से में बैठ कर) (बाबूजी उठते हैं। सामने वाले कागज संभलकर बनियान में छिपाते हैं। बाहर झाँकते हैं फिर आहिस्ता-से बाहर निकल कर तख्ती 'नहीं है' कर 'श्री हरी' कहते-कहते रसोईघर में जाने निकलते हैं। बुदबुदाते हैं।)* साला, घर में कोई अनुशासन नहीं रहा है।

शिरी : *(झट् से उठ कर)* बाबूजी *(वे रुकते हैं।)* बाबूजी मेरी फीस का क्या हुआ? फीस नहीं भरी तो अब मेरा नाम स्कूल से खारिज किया जाएगा!

बाबूजी : अरे शिरी, भगवान राम स्कूल गए थे क्या?

शिरी : बाबूजी, आप भगवान राम के पिता नहीं हैं। और मुझे दण्डकारण्य नहीं जाना है। मैं पढ़ना चाहता हूँ। मैं स्कूल के बगैर जी नहीं सकता। बाबूजी...

बाबूजी : मूरख! मुँह फैलाए बोले जा रहा है! देखते नहीं, तुम्हारी भाभी कितना बड़ा उपक्रम निभा रही है! उस काका ब्राके से पूछ कर देखो! बहूरानी का यह कार्य सफल होते ही एक बदनाम गृहस्थी सज्जन गृहस्थी में बदल जाएगी!

शिरी : बाबूजी, मैं यह सब नहीं जानता। मुझे अपनी फीस चाहिए!

बाबूजी : भाभी से मत कहना! मुझसे कहो। पूछो! अरे मेरे सामने बाघ बनते हो साले! देख बेटे! सिद्धान्तों, आदर्शों के लिए स्कूल भी छोड़ना पड़े तो छोड़ना चाहिए...

शिरी : नहीं, मैं नहीं छोड़ सकता...

बाबूजी : अरे, आचार्य काका ब्राके को देखो! अधूरी शिक्षा छोड़ कम उम्र में ही बेचारा देश उद्धार के लिए सत्याग्रह में कूद पड़ा।

शिरी : मैं समन्दर में कूद जाऊँगा।

(बाबूजी इसके पहले ही रसोईघर में जा चुके हैं। शिरी स्टेज पर उफन रहा है। कमल गुस्से में, बाहर से दिनकर सिगरेट पीता आ रहा है। आता है)

दिनकर : *(जूते उतारते हुए)* शिरी, वह आयी है?

शिरी : कौन? मुझे नहीं मालूम।

दिनकर : सीधा जवाब दो।

शिरी : अरे? मैं क्या जानूँ तुम्हारी बीवी के बारे में! यह क्या झंझट है।

दिनकर : किससे कह रहे हो?

शिरी : तुम्हारी बीवी के बारे में ही कह रहा हूँ। मेरा स्कूल जाना मुश्किल कर रही हैं। परीक्षा नजदीक है। मेरा नाम खारिज किए जाने की नौबत आ चुकी है। मेरे सभी साथी पास होकर अगली कक्षा में जाएँगे और मैं? मेरी कोई गलती न होने पर भी मुझे पीछे रहना पड़ेगा। तुम्हारी बीवी की मूर्खता लेकिन सजा मुझे मिलेगी। उसकी जिद का बकरा मैं बनूँ? उसके पास बिजनेस के लिए पैसे हैं। विज्ञापनों के लिए, बाहर घूमने के लिए, लोगों को खिलाने-पिलाने के लिए पैसे हैं लेकिन मेरी फीस भरने के लिए पैसे नहीं हैं?

दिनकर : चुप हो जा! *(कमरे में चला जाता है।)*

शिरी : चुप रहूँ? क्यों? अब नहीं तो कब कहूँगा?

कमल : *(रूठ कर बैठी है।)* चुप भी रहो।

(शिरी झल्लाता है। केबिन में जाकर बेल पर हाथ जमाता है। प्लास्टर वाला बच्चा नीचे फेंकने ही वाला है कि मंगला बाहर से आती है। हताश, उदास, खोखली उम्मीद। शिरी घुटन में वैसा ही खड़ा। बच्चा टेबल पर रखता है।)

मंगला : *(कमल को देखकर झुँझलाती है।)* ननद जी ऐसे क्यों बैठी हैं? काम नहीं करने? मैं अकेली मर-खप रही हूँ और आप सब यहाँ बैठे रहते हैं? आज आप गयी थीं बेचने? तब से बक्सा खोले हुए बैठी हैं आप? कोई आते ही झट् से बन्द नहीं कर सकती थीं? कुछ अनुशासन है भी या? और वे गए हैं न वसूली करने? *(अलमारी का खुला दरवाजा बन्द करती है।)* वसूली करनेवाले का दिमाग ठण्डा चाहिए। गुस्सा होने से क्या मिलेगा? उससे वसूली तो नहीं होगी बल्कि लोग कतरा जाएँगे! लोग नाराज होंगे तो कैसे चलेगा! कितना भी कहूँ लेकिन वही वही! कोई फायदा नहीं समझाने का! परसों तो मारपीट पर उतर आए थे। *(टेबल पर की चीजें करीने से रखती है।)* आज कुछ व्यापारी मुझसे कह रहे थे। वे लौट आए हुए पार्सल अभी तक वैसे ही पड़े हैं। दो दिनों से आप से, देवर जी से, सासू माँ से कह

रही हूँ कि टेबल पर वे चीजें खोल कर रखिए। वह भी मैं ही करूँ? क्या-क्या करूँ अकेली? *(केबिन का दरवाजा खोलती है। शिरी खड़ा है।)* देवर जी, यहाँ क्या कर रहे हैं? वे पार्सल खोल कर चीजें जगह पर रखिए तो! कोई चाहता ही नहीं काम करना! *(टेबल पर नजर)* बाबूजी की टोपी, कोट हमेशा टेबल-कुर्सी पर! और ड्रॉअर में चूना पान! फाइल में तम्बाकू! उफ़ और यह क्या? कब अनुशासन सीखेंगे सब पता नहीं? आज भी शर्ट इन नहीं किया था। परसों वह चालीस गाँव से एजेण्ट आया था तब टाँगें कुर्सी में ले बैठ गए थे। उसे पान-तम्बाकू देते रहे। यह क्या तरीका हुआ? गँवार आदमी के साथ हम भी गँवार हो जाएँ? इससे क्या साख रहेगी हमारी? मैं अकेली सब निबटा रही हूँ! *(शिरी धडाम् से केबिन के बाहर जाकर झुँझलाता रहता है। कमल वैसी ही है। केबिन में मंगला हतबल-सी कुर्सी में बैठ जाती है। फिर से सारा बल जुटा कर तन कर बैठ जाती है और कॉल बेल बजाती है। कोई नहीं आता। पुनः बजाती है। कोई नहीं आता। इतने में रसोईघर से बाबूजी बाहर निकले हैं। बेल सुनते ही केबिन में आते हैं। किसी के आने की राह देखती मंगला।)*

बाबूजी : क्या बात है बहूरानी? मैं आ ही रहा था!

मंगला : मैं आप ही की राह देख रही थी! *(खड़ी होने लगती है।)*

बाबूजी : बैठो, बैठो! बहूरानी रिश्ते घर में। व्यापार में रिश्ते किस काम के? तुम बैठो। हं बताओ किसलिए पुकार रही थी?

मंगला : *(संकोच से)* एक पत्र भेजना है अंग्रेजी में!

बाबूजी : *(तत्परता से टेबल पर का पैड-पेन उठा कर)* हाँ बोलो...

मंगला : *(शब्द ढूँढ़ते हुए पत्र डिक्टेट करने लगती है)* सेठ जयरामदास जी गोवर्धनदास ढोलकिया—हं आगे कुछ अच्छा-सा लिखिए। —पन्द्रह दिन पहले हमारी बातचीत हुई थी उसका स्मरण देने हेतु यह पत्र! हमारे भण्डार का परिचय देनेवाला लिट्रेचर संलग्न है। हमारा यह व्यवसाय आपको पूँजी लगाने के लिए बेहद फायदेमन्द, आकर्षक है। आदर्श है—ना यह मत लिखिए—वह समझेगा नहीं। आपके मन में कुछ आशंकाएँ हों तो वैसे लिखिए।

आशा है कि आप हमारे इन प्रयत्नों को साकार रूप देने हेतु आर्थिक मदद उदार मन से करेंगे! हम बेहद राह देख रहे हैं। ना-ना यह वाक्य मत लिखिए। नीचे निदेशक के रूप में मेरा नाम लिखिए। पत्र अंग्रेजी में लिखिए...पता फाइल में मिलेगा ही। लोन की फाईल में मिलेगा। *(यह सब कहते हुए बेइद थकान...वहीं पर दो हाथों पर सिर रख कर बैठी रहती है।)*

बाबूजी : हाँ बहू! वह मैं लिखूँगा लेकिन यह तो बता कि उस अभी के सुनहरे आदमी का क्या हुआ? मछली फँसी या नहीं?

मंगला : घी खाते ही सुन्दर थोड़े ही होता है चेहरा!

बाबूजी : हाँ, वह भी है। बहू, ऐसे धन्धे हमने थोड़े ही किए हैं...हमारा क्षेत्र अलग...

मंगला : अनेक जगह हाथ-पैर मारने होंगे तब जाकर कहीं एकाध जगह काम बनेगा। धीरज चाहिए! प्रयत्नों में खण्ड नहीं चाहिए। बाबूजी, और एक पत्र लिखिए—उस आदमी को तो अपना भला ही समझ में नहीं आता!

बाबूजी : कौन भला?

मंगला : वही! जो अभी आकर गया! एक ही रट लगाए बैठा है। सच्चाई से बिजनेस करने पर मुनाफा नहीं होता। आप सिनेमा करिए। बाबूजी, सोने की स्मगलिंग में कितना पैसा मिला है उसे! पर अक्ल दो कौड़ी की भी नहीं है। समझाने पर भी समझने को तैयार नहीं! सिर पटकने पर भी फायदा नहीं!

बाबूजी : बहूरानी, मैं तो तुम्हें बता चुका हूँ कि इन लोगों के पास अक्ल नहीं, व्यावहारिक ज्ञान होता है।

मंगला : बाबूजी, मैं और तीन से मिल कर आयी हूँ। वह अभी आया था उसके अलावा और तीन से! कहीं न कहीं से कर्ज मिल ही जाएगा! मैं निराश नहीं हुई हूँ। लगता है, और दुगुने उत्साह से काम में जुट जाना चाहिए। हम सभी को! एक बार पैसे की ताकत हाथ लगेगी तब देखिए। सभी व्यापारियों को हम अपनी शर्तों पर नचा सकते हैं। साख भी बना पाएँगे।

बाबूजी : और नहीं तो क्या! तुम्हारे मामा हैं ही! सरकारी कर्ज के लिए

वे भी तो हमसे वादे किए जा रहे हैं।

मंगला : वादे नहीं बाबूजी। वे जान की बाजी लगा कर मेरे लिए प्रयत्न कर रहे हैं। आज आने ही वाले हैं। वैसा कह रहे थे कि कुछ-न-कुछ करके आऊँगा! आने चाहिए वे अभी। इस उम्र में मेरे लिए इतनी मेहनत कर रहे हैं। मुझे ही वह देखकर तकलीफ होती है।

बाबूजी : हाँ, वैसे वह तकलीफदेह आदमी ही है। हाँ यानि उच्च अर्थ से!

मंगला : और हाँ बाबूजी, हमें यह नियम भी बना लेना चाहिए कि किसी भी कारण से हम माल वापस नहीं लेंगे वरना ये लोग कुछ प्रयत्न ही नहीं करेंगे। ज्यादा परसेन्टेज माँगना याद रहता है उन्हें लेकिन खपत के लिए प्रयत्न करना याद नहीं रहता? माल वापस भेजते हैं। पार्सल खर्चा भी हम पर! वसूली के पत्र कल ही भेजिए सब को। काफी वसूली होनी है। कड़े शब्दों में पत्र लिखिए! बाबूजी, हमारे समाज में हर ओर लफड़ेबाजी! दाँव-पेंच! सीधा व्यवहार कहीं नहीं।

बाबूजी : हाँ बहूरानी, सच है। *(उसकी नजर से नजर मिला कर)* याने ये सारी बातें...

मंगला : *(नजर फेरती है)* हाँ बाबूजी, मैं जानती हूँ। आजकल मैं भी वही करने लगी हूँ। आप यही कहना चाहते हैं, मैं जानती हूँ। बड़ी-बड़ी बातें कर उनको फँसा कर यहाँ लाती हूँ। जो सूझेगा, वह बकती हूँ। आप मेरे ससुराल वाले हैं, यह भी छिपाती हूँ। झूठ बोलती हूँ। *(विश्वास से)* लेकिन बाबूजी, यह प्रयोग है। कुछ भी हो, मुझे यह सब सँजोना है क्योंकि यह खत्म हुआ तो सब खत्म हो जाएगा! *(मन बनाकर)* हाँ बाबूजी, पत्र लिखने चाहिए। मुझे दिखा कर भेज दीजिए शिरी देवर जी के हाथों पोस्ट करने! मैं यहीं बैठती हूँ तनिक! थक गयी हूँ। यानि मन से नहीं! शरीर थक चुका है इस दौड़ धूप से! हाँ बाबूजी, शरीर थक जाने पर अच्छा लगता है! *(टेबल पर हाथ पर सिर रख कर प्लास्टर के बच्चे के साथ खेलती है।)*

(बाबूजी पलभर उसे देखते हैं। बनियान में छिपाए कागज

निकालते हैं, फिर से बनियान में रखते हैं। केबिन के बाहर की अलमारी से कार्बन पेपर निकाल कर कमल-शिरी की ओर देखते-देखते केबिन में जाते हैं। पत्र लिखने की तैयारी में बैठ जाते हैं।)

मंगला : *(प्लास्टर के बच्चे के साथ खेलते हुए)* शरीर थकान से चूर-चूर हो जाता है! ऐसा नहीं कि मन थकता ही नहीं! इतना बड़ा कारोबार! कदम-कदम पर गड्ढे-ठोकरें...जाल! छिपे हुए! छिपाए गए हुए! और हमें हाथ दो ही! चाहे जितनी सावधानी बरतें लेकिन पुनः पुनः धोखा खाए जाता है यह मस्तिष्क! बेचारा मस्तिष्क! काफी देर से समझ पाता है। यह टेढ़ा-तिकड़मी हिसाब! लेकिन बाबूजी, इन सारी विपरीत स्थितियों को अपनी छोटी-सी ताकत से जब मात दी जाती है तब इतना सुकून मिलता है न! तब सारी थकान, अपमान, पग-पग पर मिलनेवाली वह बीभत्स, चापलूस, बेशर्म, गँवार गन्दगी महसूस ही नहीं होती। पलभर के लिए क्यों न हो! फिर एक नई उमंग, नया उत्साह, नई मुसीबतों के पार जाने के लिए। बाबूजी, ऐसे ठोकरें खाते हुए, संघर्ष करते हुए, दुख झेलते हुए, दुखों को आमन्त्रण देते हुए और उनको पार कर जाते हुए कितना बड़ा अर्थ है। है न? बेहद गरीबी से संघर्ष करते हुए और तब भी सीधी लीक पर चलते हुए मेरे पिताजी को क्या-क्या मोती मिले होंगे, इसे मैं आज समझ रही हूँ। अच्छी तरह से समझ रही हूँ। बाबूजी, मैं अपने पिताजी को आज समझ पा रही हूँ। किसी विपरीत स्थिति के खिलाफ तैरते जाने का संतोष, पागल पन, असम्भव को, मुश्किल को आसान कर दिखाने की, सम्भव बनाने की जिद! जिद्दी सन्तोष! इससे जीवन को कितना गहरा अर्थ प्राप्त हो जाता है।

मैं तो बाबूजी और एक बात में भी खुशकिस्मत हूँ। वह यह कि मेरे परिवार के सभी लोग मेरे साथ हैं। वे खूब दुख झेल रहे हैं। मेहनत कर रहे हैं लेकिन मेरे साथ हैं। कभी-कभी गुस्सा होते हैं, खीजते हैं, रूठते हैं लेकिन मेरा साथ छोड़ कर जा नहीं रहे हैं। सच, मेरा यह कितना बड़ा सौभाग्य है। बाबूजी, कितना

बड़ा सुख है यह! इसीलिए तो चाहे जितनी बाधाएँ आएँ, मैं अडिग हूँ। मुझे अकेलापन नहीं लगता। लगता है, हम सात हैं। मेरा पति, देवर, ननद, सासू माँ, बाबूजी आप!

हाँ बाबूजी वे पत्र जल्दी पोस्ट होने चाहिए! बहुत महत्वपूर्ण हैं।

(प्लास्टर के बच्चे के साथ खेलती हुई चुप बैठती है। बगल वाले कमरे से कपड़े बदल कर, पाजामा-शर्ट पहन कर दिनकर आता है। कुर्सी में बैठ जाता है। सामनेवाली मेज पर पैर रखता है। सिगरेट सुलगाता है।)

दिनकर : *(टेबल पर की बिक्री विभाग की तख्ती पलटा कर ऐशट्रे बना देता है।)* कमली, अभी तक मुसीबत नहीं आयी है न? *(केबिन में बैठी मंगला चौंक जाती है। दिनकर का आना उसे प्रथमतः ज्ञात हो रहा है।)* अच्छा हुआ। नहीं आयी है अब तक! फालतू झंझट है साली! *(मंगल खामोश! और जान लेने के लिए। बाबूजी पत्र लेखन में खोए-से दिखाते हैं लेकिन ध्यान मंगला की ओर)* और नहीं तो क्या! एकदम भंकस! यह क्या धन्धा है? उसे देखते ही मेरा सिर भनकता है। सच कहता हूँ। खून खौलने लगता है। पूरा बदन तपने लगता है।

(मंगला सन्न-सी रह जाती है। अपने पर बेहद काबू रखती है।) क्या अधिकार था उसे यहाँ आकर यह सब गुड़गोबर एक करने का? किसने दिया था उसे यह सब ऐसा करने का अधिकार? कमली, बाबूजी चाहे जो करते, उन्होंने हमें जनम तो दिया है। लेकिन इसने? यह कौन है? पत्नी बन कर, सिर झुका कर आयी इस घर में और दूसरी बाबूजी बन बैठी! कमली, अरी मेरी गृहस्थी चौपट हो गयी! कहाँ रही है मेरी गृहस्थी? मेरी पत्नी कहाँ है? *(केबिन में बैठी मंगला तन जाती है।)*

कमली, वह तो मात्र मशीन है हिसाब करने वाली। रात-दिन हिसाब, योजना, पत्राचार उस बोगस धन्धे के! बोगस नहीं तो और क्या? यह क्या धन्धा है? कबाड़खाना कहीं का! रात-रात जाग कर धन्धे के बारे में सोचती रहती है। मेरी बीबी? और दो कौड़ी के धन्धे को लेकर रातें गुजार दे?

(मंगला को यह सब असह्य हो जाता है लेकिन वह ठान

कर सुनती रहती है। प्लास्टर के बच्चे से खेलती रहती है।)

मेरे साथ वालों की शादियाँ हुईं। दो-दो बच्चों के बाप बने हैं वे! और मैं? मेरी बीवी तो बिजनेस करती है न! पाँव भारी तो इसके भी हुए थे लेकिन इसे बच्चा चाहिए ही न था! बिजनेस जो करना था! उसमें बच्चे का क्या काम? *(मंगला जड़वत्)* लेकिन, कमली, मैंने सब छोड़ दिया है। बहुत हो गया यह गृहस्थी का धन्धा! वह सच्चाई, वे आदर्श! साला निभाने दो उसे इसी के साथ गृहस्थी! जताने दो रौब पूरे गाँव में। उन मवाली व्यापारियों के साथ कॉन्टॅक्ट करते रहने दो। कमली, बाजार में वे सब मेरी ओर देख कर भद्दी हँसी हँसते हैं, मजाक उड़ाते हैं मेरा! भद्दी बातें करते हैं। क्यों, पता है?

बाबूजी : *(केबिन में से चिल्लाते हुए)* अहो सुपुत्रजी, क्या बके जा रहे हो? *(दिनकर, चौंकता है। बाबूजी तेज चाल से केबिन के बाहर आते हैं।)*

होश में तो हो? क्या-क्या बके जा रहे हो? सिर ठिकाने पर है न? अपनी धर्मपत्नी के बारे में ये शब्द? ऐसी पत्नी चिराग लेकर ढूँढते तब भी न मिलती। समझे?

दिनकर : हाँ बाबूजी, जो है उसे लौटाया जाए, ऐसा कोई उपाय चाहिए था।

बाबूजी : उस साहसी, कामकाजी बच्ची के बारे में तेरी जबान यह गन्दगी उछालती है? अरे, खुद निकम्मा है तू! बीबी इतना मर-मर काम कर रही है। कम-से-कम उसकी कद्र तो कर निकम्मे कहीं के! इतनी-सी बच्ची लेकिन कितना बड़ा काम करना चाह रही है।

दिनकर : हाँ बाबूजी! तो फिर उसकी तसवीर टाँग दीजिए न इन तुम्हारे बुवाओं में। मेरे गले क्यों मढ़ दिया उसे? ऐसे बोगस धन्धे के लिए कोई बीवी नहीं लाता घर ब्याह के! गृहस्थी बसाने के लिए, अपने लिए, अपनी बात मनवाने के लिए की जाती है शादी!

बाबूजी : अरे, आप सभी लोगों ने बेचारी बहूरानी के खिलाफ बगावत करने

की ठानी है क्या? क्या आप लोग इस घर के अच्छे दिन देखना नहीं चाहते? आपसे अच्छाई देखी नहीं जा रही है क्या?

शिरी : *(गुस्से में)* हूँ! ठीक है।

बाबूजी : जबान मत चला, समझे?

कमल : अब बस बैरागी बन कटोरा लेना बाकी रह गया है भाभी की इस मूरख जिद के सामने!

बाबूजी : पागल लड़की! क्या बके जा रही हो? मूरख जिद? कुछ अक्ल भी है तुझे?

शिरी : और नहीं तो क्या?

बाबूजी : ऐ बेअक्ल, तू भी? तू? यह मैं क्या सुन रहा हूँ? अरे, भगवान रामचन्द्रजी ने चाँद पाने के लिए जिद की ही थी न? और आज तुम लोग चाँद पर पहुँच चुके हो न?

दिनकर : बाबूजी, ये गप आप अपने उन मूर्ख भक्तजनों को सुनाइए। आपकी गप और उसकी सच्चाई-सत्य की बातें। सत्य परमो धर्मोऽ? मेहनत ही ईश्वर है। हूँ। फालतू बातें! आपका आश्रम और उसका भण्डार? एक ही चट्टे-बट्टे के दोनों। आपके गण्डे, पाक और यन्त्र! उसका आचार, मसाला, साबुन और तेल! सब गए गुजरे! बाबूजी आप हमें इस्तेमाल करते रहे क्योंकि आपने हमें जनम दिया था! और वह भी यही कर रही है! और हम बली के बकरे बनते गए। किसलिए? क्यों? आप कम-से-कम पैसे तो लाते थे! हमारे शौक पूरे करते थे। यह क्या ला रही है? कमली, शिरी, बता दो? और मैं? मैंने गृहस्थी कब बसायी? मैं तो बड़ा बेवकूफ बन गया। हाँ, लेकिन अब नहीं बनूँगा। बहुत हो गया। अब नहीं। अब वही अपनी गैंग ही अपनी गृहस्थी! वही बीवी! वही सच है। गैंग!

(केबिन में मंगला के हाथ से प्लास्टर का बच्चा गिर जाता है। सभी चौंक जाते हैं।)

दिनकर : *(डरा-सहमा-सा)* अरे, भीतर कौन है? *(दबी आवाज में)* बाबूजी, भीतर...

बाबूजी : तुम्हारी बीवी है। *(दिनकर डरा-सा)*

दिनकर : *(दबी आवाज में)* बाबूजी, पहले बता देते न!

बाबूजी : अरे गधे के बच्चे! यहाँ आकर मैं क्यों चिल्लाया था भला? अब

क्या तेरे मुँह पर हाथ रखता?

(दिनकर नर्वस! सिगरेट बुझाता है। केबिन में मंगला बेहोश-सी नीचे गिरा बच्चा उठाती है। थरथराते हाथों से उसे सीने से लगाती है। टेबल पर रखती है। खुद को संभालती है। खड़ी रहने का प्रयत्न करती है। फिर से बैठती है। फिर सब सामर्थ्य जुटा कर खड़ी रहती है। रामपंचायतन की तसवीर के पास खिसकती है। तसवीर छूती है। उसे बल मिलता है। संभल गई-सी लगती है।)

मंगला : *(केबिन में अलसायी-सी)* उई माँ, कब नींद लगी पता ही नहीं चला! उफ्! कैसी यह नींद! काल की गुफा में मानो...

(बाहर बाबूजी के अलावा सभी चैन पाते हैं। मंगला सुस्तायी-सी बाहर निकलती है। सभी चुपचाप उसे देखते हैं।)

मंगला : *(खुद को संभालते हुए)* कितने बजे? पता नहीं कैसे नींद आयी! सिर थक गया था। कैसी यह भयावह नींद!

(सभी देखते रहते हैं)

(खुद को बेहद संयत रखते हुए) आप कब आए? वसूली करने गए थे न? मैंने जहाँ-जहाँ जाने के लिए कहा था, वहाँ-वहाँ गए थे न? क्या हुआ? कितने मिले?

(दिनकर दुविधा में–क्या कहे क्या न करे)

दिनकर : *(झिझक कर, जेब से दस का नोट आगे करता हुआ)* इतने ही मिल पाए! ऊपर का सवा रुपया खर्च हो गया! 'तीन पान' में मिला। *(नोट वैसा ही पकड़ा हुआ।)*

मंगला : *(सख्त होते हुए फिर से मृदु)* बाबूजी, यह कौन-सा खाता है? मुझे तो याद नहीं पड़ता।

दिनकर : यह खाता नहीं, दाँव है। पत्ते का दाँव! जुगाड़। खेल आया हूँ। उसमें मिले। इतने दिनों बाद इतनी बड़ी रकम दिखी है। दस रुपए।

मंगला : *(उसाँस छोड़ते हुए)* याने आज भी वसूली हुई नहीं।

दिनकर : याने मैं गया नहीं। और कभी जाऊँगा भी नहीं! गैंग में ही समय गँवाऊँगा।

मंगला : *(संयम बरतते हुए)* क्या कहा?

दिनकर : वसूली के लिए गया ही नहीं था।

मंगला : यानि? *(आवाज बदलते)* अभी भी मौका है। वसूली होगी। फिर *(दिनकर की ओर देखती है। उसका पत्थर चेहरा भाँप जाती है। मौके की नजाकत को देखते हुए शिरी से)* देवर जी, मैं जहाँ कहती हूँ, वहाँ जाकर तो आइए! जो मिलेंगे उनमें से आप की फी...

शिरी : मैं नहीं जानेवाला...

मंगला : बाद में लड़िए-झगड़िए लेकिन पहले...

शिरी : नहीं नहीं। मैं कहीं नहीं जाऊँगा। मैं अब चोरी करनेवाला हूँ। किसी को धोखा देनेवाला हूँ। बाबूजी की तरह! नहीं तो आप की तरह! और मैं अपनी फीस खुद भरूँगा।

बाबूजी : शिरी, गधे की औलाद, तुझे शरम नहीं आती?

शिरी : शरम कैसी? मुझे फीस के पैसे चाहिए और आप में से कोई देना नहीं चाहता। मैं सब जानता हूँ।

मंगला : *(समझाते हुए)* देवर जी...

शिरी : मैं जानता हूँ। आप में से कोई नहीं चाहता कि मैं पढ़ूँ। अच्छी तरह से जानता हूँ मैं!

मंगला : *(अभी भी सहनशीलता बनाए रखते हुए)* ननद जी, तो फिर आप जाइए।

(कमल खामोश)

मामाजी को उतना सरकारी कर्ज मंजूरी का काम करने दीजिए। देखिए हम अपनी गुड़िया का ब्याह रचाएँगे। साड़ियाँ, गहने और...

कमल : भाभी, आप की ये मीठी-मीठी झूठी बातें सुन-सुनकर मैं ऊब चुकी हूँ। सब झूठ है। आप को सिर्फ अपनी पड़ी है, अपने बिजनेस की पड़ी है। बस, यही सच है। हम सब आप के लिए बस कठपुतलियाँ हैं। काम करनेवाली मशीनें। हम थक गए, बन्द पड़े तो बस चाभी कसो। अलग-अलग तरह से। मैं देखूँगी और एक दिन भाग जाऊँगी कहीं।

मंगला : *(खुद को रोक कर, मुस्कुराते हुए)* अब कौन है जिसे मैं...

बाबूजी : बहूरानी मैं हूँ। साला लेकिन मेरा उपयोग कहाँ? मेरी चाल अलग! अब क्या...

(भीतर से यमुना जी आती हैं तेज गति से)

यमुना : बहू! मैं साफ कहे देती हूँ अब मेरी सारी ताकत खत्म हुई है। *(धम्म से बैठ जाती है)*

मंगला : *(खुद को संभालते हुए)* सासू माँ कैसी ताकत? और खत्म हुई मतलब?

यमुना : समूची ताकत! बहू! मैं आजतक चुपचाप देखती रही। लेकिन अब सहा नहीं जाता मुझसे! ना जिया जा रहा है और ना मरा! खुली आँखों से यह बरबादी, यह बेइज्जती देखनी पड़ रही है! बहू, तुम मेरी गृहस्थी के साथ, मेरे बच्चों के साथ खिलवाड़ कर रही हो। जानलेवा खिलवाड़! यह और कुछ नहीं, विनाश है विनाश! समझी?

मंगला : *(समूची सहनशीलता से)* लेकिन सासू माँ...

यमुना : तुम्हारी जिद है। तुम उसे पूरी करोगी। तभी तुझे सन्तोष मिलेगा! लेकिन मैं कहे देती हूँ इसके बाद मैं तुम्हारी किसी बात में तुम्हारे साथ नहीं हूँ। मेरी विधवा बहन रहती है कुरुदवाड शहर में नमी! मैं नमी के पास चली जाने वाली हूँ छोटे को लेकर। मेरे पीछे तुम चाहे जितनी तबाही मचाओ।

मंगला : *(नासमझी में फिर भी सप्रयत्न)* यानि आप में से कोई–कोई मेरी किसी भी तरह से मदद करनेवाला नहीं है?

सभी : *(बाबूजी के अलावा)* नहीं! बिल्कुल नहीं।

(मंगला खामोश)

मंगला : लेकिन यह सब आप ही लोगों का है। आप ही की भलाई का है।

शिरी : हमारे अच्छे के लिए?

कमल : जितना अच्छा हुआ, उतना काफी है।

दिनकर : इस अच्छाई से पेट इतना भरा है कि डकार तक नहीं आती। अब थोड़ा बुरा होगा तो ही ठीक रहेगा।

यमुना : जो था वह कौन-सा बुरा था?

कमल : और नहीं तो क्या?

शिरी : भाभी आने के पहले सब ठीक था।

दिनकर : कम-से-कम हम अपने बाप के ही बकरे होते थे। उनके प्रयोग

में इस्तेमाल किए जानेवाले! *(मंगला एकदम खामोश! मानो आदमियों की दीवार में उसका दम घुट रहा हो! कैसे बाहर आए, उसकी समझ में नहीं आता।)*

बाबूजी : बहूरानी, बिल्कुल मत आओ इन लोगों की बातों में। ये साले सब-के-सब ऐसे ही हैं। जिस थाली में खाया, उसी में थूकनेवाले! साला, मैं ही जानता हूँ मैं कैसे सँभाल रहा था इन लोगों को! अपने ही दाँत और अपने ही होंठ हैं। बहूरानी, कहाँ फरियाद करोगी? जाने दो सबको! जहाँ जाना चाहते हैं, वहाँ जाने दो। मैं हूँ तुम्हारे साथ! मैं हूँ! तुम अकेली नहीं हो! मैं तुम्हें अकेले होने नहीं दूँगा! लेकिन तुम अपना यह प्रयोग मत छोड़ो।

मंगला : *(निराश! अजीब-सी डरावनी हँसती है।)* बाबूजी, बेपैर के घोड़े को कभी दौड़ते हुए देखा है? देखा है आपने? नहीं, हमने भी नहीं देखा। किसी ने नहीं देखा। किसी ने नहीं देखा। कभी नहीं देखा।

(बाहर से काका ब्राके पुकारते हैं।) मंगला ऽ बेटा मंगला— *(मंगला नई जान पाकर)* देखिए बाबूजी, मामाजी आए हैं। मेरा काम करके! अब मैं सबकी जरूरतें पूरी कर सकती हूँ। जिसको जो चाहिए वह दे दूँगी। दे दूँगी।

(दरवाजे पर काका ब्राके। शरीर और मन से थके हुए।)

बाबूजी : आइए आचार्य जी!

काका : *(बाबूजी और अन्यों की ओर ध्यान से देखते हुए)* अच्छा हुआ बेटा मंगला तुम मिल गयीं। मैं डर रहा था कहीं तुम न मिलो तो। सिर्फ तुम्हारे लिए हवा की गति से दौड़ता आया हूँ। बेटा, जरा पानी तो पिलाओ। भरी दोपहर की कड़ी धूप में...उफ़! कैसा चक्कर आ रहा था! पहले मीलों चलता था ऐसी धूप में लेकिन अब! *(कुर्सी पर बैठते हैं। मंगला पानी लाती है जल्दी-जल्दी पानी पीते हैं।)* उफ़, यह पानी भी क्या चीज है। आदिवासी जमात में तो यह अमृत है। ऐसे वक्त पता चलता है वह अमृत क्यों है। बेटा, अच्छा लगा। जान में जान आयी! *(आँखें मूँद कर बैठते हैं।)*

मंगला : मामाजी...

काका : *(नींद से जागने का नाटक करते हुए)* अं, क्या बेटा? हाँ, हाँ! जिस लिए आया हूँ वह तो रह गया! इं चल, उधर चल। बड़ी महत्वपूर्ण खबर है बेटा! बड़ा शुभ लक्षण है। *(मंगला उन्हें घसीट कर केबिन में ले जाती है। कमल केबिन से कान लगा कर)*

मंगला : *(उत्साह से)* कहिए मामाजी, कैसा समाचार? कैसा शुभ लक्षण? जल्दी कहिए! जल्दी!

काका : हाँ, हाँ बेटा! मुझे साँस तो लेने दो—

मंगला : जल्दी कहिए न मामाजी!

काका : अरी, बूढ़ा हो गया हूँ। साँस फूल गयी है।

मंगला : *(मजबूरी में)* हं। इत्मीनान से! कर्ज मिला?

काका : कर्ज तो पक्का मिलने ही वाला है। सब पक्का कर आया हूँ। वहीं से आ रहा हूँ।

मंगला : *(धीरज खोकर सहारा ढूँढते हुए)* मामाजी उनहत्तर...

काका : क्या-क्या उनहत्तर?

मंगला : वादे! पिछले दो महीनों में उनहत्तर वादे! इन वादों का खाता ही खुल गया है मेरे दिमाग में...

काका : नहीं बेटा! इस बार यह कोरा वादा नहीं है। फ्रॉम द हॉर्सेस माउथ... तय कर आया हूँ। अब कोई रुकावट नहीं है।...

मंगला : मामा, उस घोड़े के पैर थे? या बे-पैर का था?

काका : अरी, दो पैरों का था—उपमन्त्री-साला पहले सुन लेने को ही तैयार न था! उसके दौरे और भाषण! लेकिन अब की बार कमिटी मीटिंग में उसका गला पकड़ कर ही पूछा—तुम से मिलना है। एक अच्छा काम है। तुम्हारी मदद मिलेगी तो जिएगा! समय की कीमत जानो! खुद यह केस सुलझाओ। नहीं तो दूसरे के पास जाऊँगा। इस काका ब्राके के लिए सभी एक जैसे! आखिर अपॉइण्टमेण्ट दी। आज ही की! वहीं था आज! डेढ़ घण्टा बाहर बैठा रहा उसके केबिन के, आखिर मुलाकात हो पायी उससे! सब कुछ समझा दिया है उसे! काम की महत्ता—कितना नैतिक और सामाजिक हित में है, यह भी समझाया। अब वह सारे पेपर मँगवा लेगा! अरी, देख क्या रही हो? ये सरकारी काम आसान

नहीं होते! प्रॉपर चैनल से जाना होता है न! मन्त्री होने से क्या होता है? उसे भी तो सिस्टम...बस एक बार कागजात आने की देरी है! वह हस्ताक्षर करने ही वाला है। वह सब समझ गया है। बस, पन्द्रह दिनों में हो जाएगा! उसके हस्ताक्षर होते ही अगली कार्यवाही अपने आप शुरू होगी...

मंगला : बिन पैरों का घोड़ा कैसे दौड़ता है, इसकी पूछताछ है न?

काका : नहीं बेटा! तुम्हारे इस अमूल्य प्रयोग की पूछताछ...

मंगला : मामाजी, सब झूठ! फालतू! *(हँसने लगती है और मन में कुछ ठान लेती है।)* हाँ तो मामाजी, पूछताछ के बाद क्या होगा?

काका : रिपोर्ट! वह अच्छी ही होगी! बस पन्द्रह दिन! फिर फॉर्मलिटी! मामूली! खानापूर्ति! आखिर सिस्टम है न भई! एक महीना! फिर सैंक्शन! मंजूरी! फिर अर्थ मन्त्रालय! मंजूरी...

मंगला : उठिए मामाजी...

काका : बेटा?...

मंगला : आप उठिए! तशरीफ ले जाइए!...

काका : बेटा मंगला...

मंगला : मामाजी, मुझे अब और मत फँसाइए इस चक्रव्यूह में! मेरा दम घुट जाएगा। घोड़ा मर जाएगा। मरनेवाला है।

काका : बेटा, यह क्या कह रही हो?

मंगला : मेरा बिन पैरों का घोड़ा मरनेवाला है। बेचारा!

काका : बेटा, मैं जान पर खेलकर...

मंगला : मत खेलिए अपनी जान पर...

काका : जीवनभर का मान-सम्मान, त्याग, सेवा मैंने दाँव पर लगाया है बेटा!

मंगला : फालतू! भंकस! *(पागल-सी हँसती है। केबिन के बाहर से दिनकर केबिन की ओर बढ़ता है। बाबूजी उसे रोकते हैं।)*

मंगला : *(सप्रयत्न सँभल कर)* कुछ नहीं मामाजी, आप चले जाइए वरना आप भी पागल हो जाएँगे । पागल! जाइए मामा। चले जाइए! खुश होकर जाइए! जब कुछ काम न होगा तब आइए। अब चले जाइए! *(सख्ती से)* मामाजी मुझे न आपका कर्ज चाहिए और न ही कुछ! आप चले जाइए!

काका : बेटा, ऐसा धीरज मत छोड़ो! बस, कुछ महीनों की देरी है, सब्र करो।

मंगला : *(चीखकर)* मामाजी, आप चले जाइए—*(काका ब्राके मजबूरी में 'बेटा संभालो खुद को' कहते हुए चले जाते हैं। सभी की ठण्डी नजरें उन पर, काका ब्राके पूरी तरह से टूटे हुए! चले जाते हैं। सबकी नजरें केबिन की ओर। मंगला रामपंचायतन की तसवीर का स्पर्श करती है। पल्लू से मुँह आँखें पोंछती है। थूक निगलती है। कन्धे झुकाकर केबिन के बाहर निकलती है। सबकी नजरें उस पर! बाबूजी खोजी नजर से देखते हैं।)*

मंगला : *(कोमल, संयत सुर में)* मैं गलत थी! क्षमा कीजिए! मैंने आप सबका बहुत नुकसान किया है। मैं सचमुच बुरी हूँ! *(रसोईघर में जाने लगती है)*

बाबूजी : बहूरानी, कहाँ जा रही हो? *(मंगला रुकती है।)*
अपने प्रयोग के बारे में सोचना चाहिए। कुछ ठोस तय करना चाहिए। यूँ अधूरा छोड़ नहीं पाएँगे! कोई भी प्रयोग हो—उसे अंजाम तक पहुँचाना चाहिए। तुम अपनी संस्कार-रीत नहीं छोड़ोगी न? छोड़ो कहने से कुछ छूटता थोड़े ही है? और यह काम-अधूरा छोड़ थोड़े ही सकते हैं? बहूरानी, यह नहीं चलेगा।

मंगला : *(जैसे-तैसे)* बाबूजी *(फफक कर रोती है बदन थरथराता है। अनाथ बच्ची-सी लगती है।)*

बाबूजी : बहूरानी, रो क्यों रही हो? रोने से क्या होनेवाला है? जिद चाहिए! बहूरानी जिद ही चाहिए!

(मंगला की बुत बनी स्थिति से सभी बेचैन, भाव विवश। सिर्फ बाबूजी नहीं। दिनकर कुछ ज्यादा ही। उसे संभालने के लिए एक कदम आगे भी बढ़ता है। लेकिन रुक जाता है और गर्दन दूसरी ओर घुमाता है। सभी गर्दनें घुमाते हैं। प्रेक्षकों की ओर पीठ किए खड़ी मंगला। रोने पर काबू पाती है। पल्लू से नाक, आँखें पोंछती है। सबकी ओर कनखियों से देखती है। सभी तटस्थ!

मंगला जान जाती है कोई फायदा नहीं है। न रोने से,

न कुछ करने से! कुछ होनेवाला नहीं है।

बाबूजी : बहूरानी, रो लिया? मन हल्का हुआ? साला रोने से यह एक फायदा जरूर होता है। ऐसे वक्त रोना चाहिए। *(कहते-कहते बनियान में छिपाए हुए 'वे' कागजात हल्के-से बाहर निकालते हैं)* हाँ तो बहूरानी, अब आगे का सोचो? उसके बगैर कैसे निभेगा? दुनियादारी से भला कोई मुक्त रह पाया है? गम भूल कर अब आगे की सोचनी चाहिए।

(मंगला हारकर केबिन के बाहर वाले टेबल के पास रखी कुर्सी में बैठी है। सिर टेबल पर रख चुपचाप) बहूरानी, अब तो न तुम्हारे पास कोई नई योजना है और न ही कल्पना। कोई सूत्र है सद्यःस्थिति में इस प्रयोग को घसीट कर आगे बढ़ाने का? कुछ होगा तो जरूर!

(मंगला चुप)

बहूरानी, सिर्फ एकाध कल्पना होगी तो भी चलेगा! हम उसके आधार पर योजना बना सकते हैं। है न? *(इसी वक्त हाथ में पकड़े कागजादों को बेहद प्यार से सहलाते हैं)* है कुछ दिमाग में?

(मंगला चुप)

याने तुम्हारे पास कुछ नहीं है।

(मंगला जैसे थी वैसे)

(बाबूजी के चेहरे पर सन्तोष फैलने लगता है) हाँ तो बहूरानी, यदि तुम्हारे पास कुछ नहीं है और वह है ही नहीं तो फिर मैं एक योजना, एक प्रस्ताव रखूँ सामने? क्यों? *(कागज फैलाते हैं।)* हाँ, आड़े समय काम आएगी, यही सोच कर मैंने यह बनायी है। तफसील में कोई अन्तर नहीं है। हाँ, मुद्दा अलग है। जल्दी और पक्का 'हे' दिलाने वाला (पैसे इस अर्थ में इशारा करते हैं) और यही महत्वपूर्ण है। साला कोई भी प्रयोग इस विटामिन के अलावा होता ही नहीं। कैसे होगा? देखो, इस प्लान का अगला कदम बड़ा ही आकांक्षा युक्त है। अतिरिक्त आशावादी कह सकती हो। उसके पार्श्व में इतने महीनों की मेरी चिन्तन, सोच प्रक्रिया है न! देखो बहू कितनी श्रेष्ठ है मेरी कल्पना! जो है वही। यह 'अपना' माल सिर्फ पॉपुलर कम्पनियों के लेबल

थोड़ा-सा हेर-फेर कर चिपकाएँगे और बेचेंगे! क्यों? कैसी रही? सिर्फ लेबल का खर्च! यूँ देखते-देखते माल बिक जाएगा? मैंने वैसे बातचीत भी कर रखी है, एजेण्ट लोगों के साथ! और उन्हें भी यह कल्पना बेहद पसन्द आयी है।

एक ने तो आज सुबह *(बनियान में से गड्डी निकालकर)* यह एडवान्स भी दिया है। बोला, बाबूजी शुभस्य शीघ्रम! अपना लेके रखिए। मैं मना करता रहा लेकिन साला माना ही नहीं! जेब में ही ठूँस दिए। *(नोटों के दर्शन से शिरी, कमल, यमुना जी—सब के चेहरे खिल जाते हैं)* दूसरे भी तैयार हैं—एजेण्ट! सिर्फ शुरुआत करने की देरी है। इस योजना के अगले अध्याय में और भारी कल्पनाएँ हैं। मसलन कि इस माल के साथ-साथ बड़ी-बड़ी पेटेण्ट दवाइयाँ, इन्जेक्शन, शरबत, बच्चों के मिल्क पावडर आदि आदि बेचते रहने का—अचछी कीमत मिल जाएगी...मार्जिन मूल कम्पनी से दुगुना! खर्च कम। कीमत वही! थोड़े प्रयत्न करें तो मार्जिन तीन गुना भी हो सकता है। बहूरानी, सचमुच का स्वावलम्बी धन्धा! तिसपर लाभ ही लाभ में। किसी के आगे हाथ फैलाने की जरूरत नहीं।

(मंगला टेबल पर सिर रख छोटे बच्चे-सी चुप)

बहूरानी, मैं इस मामले में तुम्हारी राय पूछ रहा हूँ! अब तुम निःसंकोच राय दे सकती हो।

(मंगला चुप)

बहूरानी, अभी तक तो ठीक थी तुम! और अब क्या हुआ? हाँ, लेकिन तुम्हारा सहयोग चाहिए है। क्यों? स्टाइल मेरी! तो तुम्हें यह प्रस्ताव मंजूर है? और इसलिए अब मैं यह तुम्हारे जिम्मे सौंपा हुआ घर अपने कब्जे में ले रहा हूँ। मजबूरी में! ऐसा करना जरूरी हो गया है बहू! *(रुककर)* अब यह घर मेरी चाल-चलन में रंग जाएगा! याने जो-जो तय होगा—मेरी मर्जी से होगा। इस घर की चलन से! और तुम्हें वह सब बिना किसी शिकायत स्वीकारना होगा—मानना होगा! सिर्फ सुनना ही नहीं, उसमें तुम्हें शामिल भी होना होगा। अपनी जिम्मेदारी भी निभानी होगी! उत्साह से, मन से। समझीं?

(मंगला आँखें मूँदे हुए।) बहूरानी, सुन रही हो न?
मंगला बेबस, असहाय! सभी देख रहे हैं।

बाबूजी : *(खुद को इस बोझ से जबरदस्ती मुक्त करके)* अरे, सब ऐसे क्या देख रहे हो? वह बेहद थक गयी है। जान से भी ज्यादा थकान ढोते-ढोते...

(दिनकर आगे बढ़कर मंगला को बच्चे-सा जगाता है और दोनों कमरे में जाते हैं।)

बाबूजी : *(कुर्सी में पलथी मार कर, पहले अंक में जैसे खुशमिजाज थे, वैसे)* शिरी, गधे के बच्चे आ जा, आ ले *(नोटों के पुलिन्दे में से कुछ नोट निकाल कर देते हैं।)* जाओ, भर दो फीस। तुम्हारे मास्टर के मुँह में ठूँस दो! और कहना उससे, आइन्दा ज्यादा रौब जताओगे तो मुँह की खाओगे! जाओ!

कमली, तू भी आ जा! इधर हाँ आ पास। *(वह सामने खड़ी रहती है।)* ले, जा अपने लिए साड़ियाँ खरीद! सिनेमा भी देख, जा। हाँ, लेकिन ढंग के सिनेमा देख! ऐसे-वैसे मत देखना! अच्छे संस्कार जरूरी हैं। संस्कार! और हाँ आप *(यमुना जी से)* भी आइए न! लीजिए। घर में चीजें लाइए। बाद में और दूँगा। ईश्वर की कृपा से अब तंगी नहीं रहेगी। हाँ, लेकिन याद रखना, इसके बाद कभी मुँह खोलेंगी आप, तो बर्दाश्त किया नहीं जाएगा। आपकी जगह चौके में! चूल्हे के पास! जाइए! इस घर में अनुशासन नाम की कोई चीज रही ही नहीं। *(कमरे में से दिनकर आकर खड़ा रहता है।)* आओ दिनू! पास आओ भई! *(वह सामने खड़ा हो जाता है।)* लो। तुम्हारे लिए। *(नोट आगे पकड़ते हैं।)* बहूरानी के लिए चार अच्छी-सी साड़ियाँ खरीदना! आज ही खरीदना। और हाँ! किसी डॉक्टर को भी दिखाओ उसे। बेचारी कितनी दुबली हो गयी है। कुछ भी कहो बेटा, तुम्हारी पत्नी है लाखों में एक! कितनी जिद्दी है। कितना कुछ किया उसने! प्रयत्नों में कोई कमी नहीं छोड़ी। क्या हिम्मत है उसमें! मैं देख रहा था। अन्त में हार गयी बेचारी! उसका हारना तो आरम्भ में ही तय हुआ था इसीलिए तो मैं सब कुछ उसके हाथों सौंप चुका था और सिर्फ राह देख रहा था। हाँ!

राह! उसके हार जाने की राह! साली यह दुनिया ही बुरी है। नादान, अन्धी! एहसान-फरामोश! धोखेबाज! यह दुनिया चाहती ही नहीं कि कुछ अच्छा हो। दुनिया की पात्रता ही नहीं है—अच्छा कुछ सँजोने की! अच्छाई कौन चाहता है भला? कोई नहीं चाहता। इस दुनिया को हमारे जैसे ही चाहिए। शंभो-शिव हर हर महादेव! चलो लो, लो ये पैसे...

(दिनकर गर्दन झुका कर नोट लेता है और सहसा किसी आवेग से वे नोट बाबूजी के मुँह पर फेंकता है। बाबूजी आश्चर्य में डूब जाते हैं। अगले ही पल दिनकर पर अज्ञात डर हावी हो जाता है। वह बेचैन होता है। पीछे खिसकता है। सिकुड़ कर खड़ा हो जाता है। बाबूजी घृणा भरी नजर से उसे देखते हैं। खड़े होते हैं। जमीन पर गिरे नोट इकट्ठा करते हैं। दीन बने दिनकर की ओर आते हैं।)

(उसके हाथ में नोट ठूँसते हुए) लो! ऐसा करना तुम्हारे बस में नहीं है।

(दिनकर के हाथ में नोट। बाबूजी रसोईघर में चले जाते हैं—धीमी चाल से। रंगमंच पर अकेला दिनकर खड़ा है। हाथ में नोट)

(परदा गिरता है।)

❑❑❑